살면서 만난 세상

閑堂 산문집

살면서 만난 세상

유상식 글

정출판

살아 있다는 것은 축복이다.
살아오면서 많은 인연과 만났다.

별의별 사람도,
수도 없는 세상사도,
차곡차곡 쌓인 추억도,
세월이 지나면서 가닥마다 만감에 휩싸인다.
지나온 세월에 염색된 허물이 한 겹씩 벗겨지는 듯 감회가
새삼스럽다.

삶은
'아는 만큼 보이고,
보는 만큼 느끼고,
느낀 만큼 담는다.'는 세 마디가 살아온 세월의 경험에서 얻
은 '깨어 있는 삶'의 화두가 되었다.

특별히 하는 일도 없지만 한반도 5000리 걷기 미완성 길인

북한 땅 2500리를 살아생전에 걷는 꿈을 안고, 그때를 기다리면서 하루하루를 열심히 살고 있다.

꿈을 간직하고, 그 꿈을 이루어 가는 과정은 진정 아름답다는 큰 감동이 늘 가슴을 설레게 한다.

그 꿈을 위한 열정과 도전 그리고 감동에 푹 빠지다 보면 삶은 언제나 즐겁다.

내 삶의 체험과 생각이 녹아 있는 시시비비의 면면을 보면서 쓴 글이다.

'글로써 친구를 만난다(以文會友)'는 논어의 한 구절이 삼삼하여, 글로써 또 다른 인연을 만나고 싶은 맑은 마음이지만 조심스럽다.

2018년 8월 12일
閑堂 유상식

2부 : 삶의 도전과 열정

3부 : 신바람 휘파람

4부 : 세상 사는 이야기

<1부>
살면서 만난 화두

펄펄 끓는 가마솥의 물처럼
활활 솟는 활화산의 불꽃처럼
세상만사는 도전과 열정이
삶을 힘차게 만든다

세상을
어떻게 살지?
오로지 내 몫이다!

삶은 감동이 보석

참 오래도 살았다.

70 살기도 아주 드물다고 했는데, 지금에야 100세

사는 것도 어쭙잖게 여기는 세월이다.

한 번쯤, 살아온 세월을 돌이켜 보고, 지금의 나를 비추어, 살아 갈 세월을 그려 보는 나만의 여유를 가지면 더 좋은 삶이 그려진다.

어떻게 사는 것이 잘 사는 건지는 해답도, 정답도 없다. 모든 사람이 다 다르게 생겼듯이, 삶의 방식이나 가치도 같지 않기 때문이다.

삶에는 상대가 있기 때문에 내 마음대로 살 수가 없다.

살아온 날이 쌓이면서 남은 세월을 잘 살아야 한다는 생각은 가득하지만, 그 방법을 찾기는 쉽지가 않다.

하지만 자기가 추구하는 삶의 방식이 있으면 그 길을 찾아야 한다.

내 분수를 알고 만족하는 삶이 가장 현명하다.

되도록이면 어느 누구에게도 피해는 주지 말아야 하고, 부담을 주어서도 안 된다.

현재의 내 처신이 부끄럽지도 않아야 한다.

살아온 세월에 후회나 미련에 연연하는 것도 나를 힘들게 한다.

앞으로 살아갈 세월에는 꿈이 있어야 한다.

누구나 살면서 아름다운 삶을 꿈꾼다.

그런 꿈은 꿈만으로 그칠 수도 있다.

설사 꿈으로 그친다 해도 꿈을 꾸는 동안만이라도 마음은 행복하다.

내 삶의 시간표를 그려 본다.

나의 참모습은 무엇인가.

지금은 어떻게 살고 있으며,

어디쯤에 와 있는지.

살면서 감동이 있으면 세상은 달라 보인다.

감동은 삶의 진액이고 진수다.

즐거울 때 즐거워하고,

슬플 때 슬퍼하고,

분할 때 화내고,

기쁠 때 웃을 줄 아는 원초적인 본능에 충실하는 것이 감동이다.

일상이 단조롭고 권태로우면 삶이 지겹다.
즐거운 일이 있는데도 덤덤하고,
슬픈 일이 있는데도 슬퍼하지 않고,
분한데도 참아내고,
기쁜데도 웃을 줄 모르면 삶은 생기를 잃는다.
감동이 없는 삶은 향기를 잃은 시든 꽃이다.

살아가면서 감동이 없으면 삶이 지루하고 아무런 재미가 없다.

사람은 죽을 때까지 감동하면서 살아야 한다.
삶에 감동이 있으면 그 삶은 윤택해지고 생동감이 넘친다.
살면서 감동을 억제하는 것은 죽은 삶이다.
감동을 하면 몸속에 기가 살아 건강에 밝은 불이 켜진다.
삶에 자신감도 생긴다.
감동은 사람 관계에서도 활력소가 된다.

감동은 여러 모양으로 우리에게 다가온다.
칭찬도 감동이다.
격려도, 배려도 감동이다.
우정도, 사랑도 감동이다.

봉사도, 기부도 감동이다.

느낌만을 갖는 것은 감동이 아니다.
삶의 즐거움을 불러일으키는 동기가 되어야 진정한 감동이다.
감동이 살아 숨 쉬는 삶은 내 인생에 멋진 길을 터 준다.

도전하는 삶이
아름답다

한반도 5000리를 걷고 싶었다.

최남단인 해남 땅끝에서 함경북도 온성군 풍서리까지 걷기로 하고, 계획을 세워 남한 땅 2500리를 걸었다.

북한 땅 2500리는 휴전선이 가로막혀 후일을 기약해 두고 있다. 남쪽 땅을 걸을 때만 해도 남북교류가 잦아서 기대와 희망을 가졌었는데, 아쉬움이 지금까지도 가슴을 적신다.

살아생전 언젠가는 북쪽 땅을 걷는 꿈을 안고 있다.

단련된 체력도 아니면서 30일 동안 계속 걷는 것이 무리였지만 꼭 해내고야 말겠다는 다짐이 나를 채찍질했다.

일상적인 삶은 누구나 산다.

하지만 특별한 삶은 사정이 다르다.
목표가 있어야 하고, 계획이 있어야 한다.
도전하는 행동이 따라야 한다.

어떤 삶도 누구에게나 특별한 혜택을 주지는 않는다.
주어진 여건에서 자기가 원하는 대로 끌고 나가야 결과를 얻을 수 있다.

씨앗을 심고 정성 담아 가꾼 자만이 좋은 결실을 얻을 수 있다. 남의 수확을 부러워할 것이 아니라 내 스스로 열심히 노력하는 삶의 방식이 중요하다.

삶의 목표를 이루어 가는 과정에는 실패도 있을 수 있지만, 실패가 두려워 시작조차 하지 않는다면 아무것도 얻을 수 없다.

매사는 성공 밑에 실패가, 실패 뒷면에는 성공이 달라붙어 있다. 성공했다고 오만하거나 눌러앉으면 실패가 바로 질투를 하고, 실패를 해도 좌절하거나 실망하지 않고 계속 노력하면서 실패의 원인을 더 챙기면 바로 밑에 있는 성공이 싹을 틔워 비집고 나온다.

'부뚜막의 소금도 집어넣어야 짜다'는 말은 누구나 할 수 있지만, 집어넣는 자만이 간을 맛볼 수 있다는 평범한 진리는 우리의 삶과도 통한다.

삶에는 절망의 길만 있는 것이 아니다.
희망의 길도 있다.
다만 보이지 않을 뿐이다.
살면서 희망의 길이 없다고 한탄만 하지 말고,
찾으면 반드시 길은 보인다.

걸으면서 '깨어 있는 삶을 위한 심신 수행'이라는 화두를 가슴에
담았다.
지나온 세월을 되새겨 보고,
지금의 나를 들여다보고,
살아갈 세월을 그려 보면서,
'내 삶의 정체성은 무엇이며 어디쯤에 와 있는지'를 챙겨 보는
참 좋은 걷기였다.

남이 한 걸 흉내 내는 삶은 나를 잃어버린 삶이다.
아무런 감동이나 보람을 느끼지 못한다.

유명한 일화 한 토막이 생각난다.
콜럼버스가 아메리카 대륙을 발견하고 그 무용담을 강연하는
자리에서, 어떤 청중이 일어나 '그건 나도 할 수 있어. 배를 타고

가기만 하면 되는 걸, 뭐 대단하다고.' 비아냥거렸다. 듣고 있던 콜럼버스가 계란 하나를 책상 위에 올려놓고 그 청중에게 세워 보라고 했다. 그 청중이 '둥근 달걀을 어떻게 세워.' 하니까, 콜럼버스가 아무 말 않고 계란을 깨어서 책상 위에 세웠다. 그 청중이 '그렇게 하면 누가 못해?' 하자 콜럼버스는 청중을 쳐다보고 빙긋이 웃었다고 한다.

대부분의 삶은 모방이다.
쉽고 편하기 때문이다.
일상적인 삶은 누구나 할 수 있다.
하지만 도전하는 삶은 자기 스스로가 찾아야 한다.
깊이 생각하고, 고민해야 한다.

어떻게 사느냐는 내가 선택하고, 내가 결정한다.
삶에 대한 자신감과 적극적인 생각과 행동이 인생을 풍요롭게 해 준다.
보장된 미래는 그것을 가지려고 손을 내밀고 노력하는 사람의 몫이다.

건강 삼박자

흔히들 '건강' 하면, 육체에 관심을 둔다.
삶에 있어서 건강은 육체, 정신, 생활도 함께 따라야 한다.

육체가 아무리 건강해도 의식과 행위가 병들어 있으면 건강한 삶이라고 할 수 없다.
신체가 튼튼하고, 마음이 여유롭고, 행위가 당당하면 삶은 건강한 것이다.

건강은 최고의 축복이다.
살면서 건강 이상 더 좋은 선물은 없다.
'건강을 얻으면 인생의 전부를 얻고, 건강을 잃으면 삶의 전부를 잃는다.'는 말이 현재가 건강한 사람에게는 '쇠귀에 경 읽는 소리'로 들릴지도 모르지만, 건강을 잃은 사람에게는 뼛속까지 느껴지는 명언이다.

세상을 사는 데 목표가 있고,
열정이 넘치고,
도전 정신이 넘쳐흘러도 건강이 따르지 않으면 삶은 의욕을 잃는다.

건강은 몸이 튼튼하고 질병이 없는 경우를 떠올린다. 살면서 육체 건강이 먼저지만, 정신과 생활도 건강해야 삶이 풍요롭다.

웃음이 없는 사람,
매사에 부정적이고, 반대만 하는 사람,
주어진 일에 변명과 불평이 넘치는 사람,
어떤 것에도 만족을 모르는 사람,
고마움을 받고도 감사함을 모르는 사람,
감동과 칭찬, 격려에 인색한 사람,
하는 일이나, 만나는 사람마다 스트레스를 받는 사람,

이런 사람들은 비록 육체가 건강해도 삶이 건강할 수가 없다.
대부분의 사람들은 오래 사는 것을 간절히 바란다.
누가 죽었다면 '몇 살이냐?'고 먼저 물어본다.

어느 지인은 신문에 명사들의 부음 기사를 보면 고인의 연령에 관심이 많다고 한다. 망자가 '몇 살까지 살았나'를 자기 나이와 비교해 보면서 삶의 순간을 짚어 본다고 했다.

자기보다 나이가 많으면 안심이고, 적으면 불안하단다.

'나이 60대면 아직 청춘이고,

70대면 적당히 살았구먼,

80대면 장수했구먼,

90대면 나도 그 정도는 살아야 하는데….'

요즘 노년들의 욕심이다.

몇 살까지 살았느냐는 별 의미가 없다.

어떤 여건에서 살았느냐가 중요하다.

가족과 담을 쌓고 살아도,

주변과 내왕 없이 외롭게 살아도,

온갖 세상일에 불평과 불만으로 살아도,

병들어 오래 살아도,

그게 바로 삶의 지옥이다.

수명이 길어야 반드시 좋은 삶은 아니다.

몸과 마음이 건강하도록 자기 관리를 잘해야 멋진 삶이다.

괜한 욕심을 부리지 말고 분수에 맞게 사는 삶,
항상 남을 배려하고 도와주는 삶,
나 편하자고 함부로 덤비지 않는 삶,
가족을 챙기고 가정에 충실한 삶,
밝고 맑은 세상을 위하여 동참하는 삶이
몸도, 마음도, 행동도 건강한 것이다.

건강은 욕심만으로 가질 수 없다.
평소에 끊임없이 가꾸고 챙겨야 한다.
건강은 게으름이 천적이다.
방심을 해도 안 된다.
남용을 해서도 건강을 견디지 못한다.

건강을 잃고 건강을 회복하려면 건강할 때 건강을 챙기는 것보
다 열 배도 더 노력해야 하고, 시간도 걸린다.

사람들이 건강할 때는 건강을 소홀히 하는 편이다.
늘 몸과 마음을 가다듬고 행동이 반듯하도록 해야 한다.
그래야 제대로 된 건강을 오래도록 간직할 수 있다.

향기 나는 사람

나는 가끔 버스나 택시를 탈 때마다 낮은 목소리로 '감사합니다.' 하고 기사에게 인사를 건넨다.

기사의 반응은 가지가지다.
맞받아 인사를 하는 사람,
고개를 까딱하는 사람,
무덤덤한 사람,
힐끗 쳐다만 보는 사람,
이런저런 말을 걸어오는 사람….

간혹 머쓱할 때가 있다.
반응이 없으면 괜스레 어색하고 쑥스럽다.
지친 삶의 한 면을 보는 것 같아 안쓰러울 때도 있다.

지금 우리 문화는 안면이 없는 사람에게 인사하는 것을 겸연쩍어한다. 세상인심이 알아도 모르는 척 외면하는 경우가 허다하다. 삶의 여유가 없어서인지, 귀찮은 탓인지는 모르지만 사람의 도리는 아닌 것 같다.

옛날에는 인사를 잘하는 사람이 칭찬을 받았다. 가정에서도, 학교에서도 그렇게 교육을 받았다. 설날이면 세배를 하는 풍속도 인사 예절을 체험하게 하는 과정이었다.

인사는 어릴 적부터 몸에 배어야 한다. 지금은 어린이들에게 인사를 제대로 가르치는 가정 문화가 사라졌다. 거개가 한 공간에 사는 아파트 주거 구조에다, 저마다 생활에 쫓겨 인사의 의미가 사라졌다.

오래전 일이다.
지인으로부터 '일본에서는 유치원에 입학을 하면 6개월 동안은 인사하는 법만 가르친다.'는 말을 들은 적이 있다. 왜 그 나라 사람들이 인사를 극진히 잘하는지를 그때서야 알았다. 조기교육이 몸에 배면 평생을 따라다닌다. '세 살 적 버릇이 여든까지 간다.'는 속담 그대로다.

인사는 서로 간에 어색함을 풀고 친근감을 나타내는 상견례다. 순수한 인정을 내보이는 인성의 기본이다.

나는 어릴 적 습관이 몸에 젖어서인지, 지금도 낯선 사람과 눈이 마주치면 저절로 인사를 건넨다. 어떤 때는 인사를 받은 사람이 '혹시 아는 사람인가' 해서 당황해하는 경우도 있다. 그만큼 우리네 인사 문화가 어색해서이다.

인사를 잘하면 사람 됨됨이가 돋보인다.
친근감이 가고, 관심이 주어진다.
'인사 잘해서 뺨 맞는 사람 없다.'
'인사 잘하면 자다가도 떡이 생긴다.'는 격언은 빈말이 아니다.

'인사가 귀찮다.'는 풍조를 가끔 본다.
엘리베이터 안에서 눈이 마주치면, 모르는 사이에도 가벼운 인사를 하는 것이 예의로 되어 있는 서구 사람들과는 반대로, 어색하게 멀뚱멀뚱 무표정하게 쳐다만 보거나 모른 체하는 우리네 문화는 삶이 그만큼 여유가 없다는 증표이다.

언젠가 심술궂은 친구가 농담 반 진담 반으로 '서로가 모른 척하는 것은 구린내가 나는 자기 약점을 감추기 위한 본능적인 방어술'이라고 한 적이 있다.

나를 아는 것보다 차라리 모른 척해 주는 생활 문화가 이웃과 담을 쌓고, 친지와 멀어지고, 친분을 서먹하게 만든다.

'출필고出必告 반필면反必面'은 인사의 가장 기본이다.

가정이나 직장에서 밖으로 나갈 때는 '다녀오겠습니다.' 돌아오면 '다녀왔습니다.' 하고 얼굴을 마주하는 것이 가족 관계나 인간 관계를 돈독하게 하는 끈이다.

서로 간에 안전과 신뢰가 쌓인다.

인정의 전파가 교류된다.

정이 가득 찬 가정과 사회는 삶의 진정한 행복이 넘쳐난다.

인사를 잘하는 사람은 그 인품에 향기가 난다.

난향은 십 리를, 술 향은 백 리를, 사람 향은 천 리를 간다는 말이 있다.

인사를 잘하면 그 향기가 만 리 안을 가득 채우고, 세상은 더욱 밝아질 듯하다.

삶은 천국과 지옥

사람들은
'행복과 불행'
'성공과 실패'
이 안에서 곡예를 한다.

삶의 열쇠가 이 속에 다 있다.
삶의 천국과 지옥도 이 속에 있다.

행복과 성공은 천국이고,
불행과 실패는 지옥이다.

모두가 천국에 살고 싶어 하지만,
때로는 지옥에 살기도 한다.

천국에서만 살면
지옥을 알 수 없고,
지옥에서만 살아도
천국을 모른다.
천국과 지옥을 알아야,
천국이 그립다.

어떤 사람은 천국 같은 삶을 살면서도
온갖 불평불만에 뒤엉켜 '지옥 같은 세상'이라고 탄식을 한다.

또 어떤 사람은 지옥 같은 삶이면서도, 절망하지 않고 최선을 다해 열심히 살면서 '천국이 부럽지 않다'고 마음을 다잡는다.

살면서
원만한 가정, 적당한 돈, 사는 재미, 하는 일, 즐겨하는 취미, 반가운 친구가 있으면 천국이다.

가정이 파탄되고, 친구가 없고, 건강도 잃고, 가진 돈 없으면 사는 게 지옥이다.

누구나 있어야 할 것을 가지면 행복함을 느끼고, 가지지 못하면 짜증도 내고, 불평도 하고, 불행하다고 한탄을 한다. 어쩔 수 없는 사람의 생리다.

분명한 것은 세상은 고르지 못하고, 사람마다 사정도 다르다.

있어야 할 것이 없다고 한숨만 쉬면 세상의 모든 것이 싫어지고
짜증만 난다.

노력해서 얻을 수 있으면 열심히 해야 한다.

노력해서 얻으면 더 값지고 보람을 느낀다.

얻지 못해도 결과를 받아들여야 한다.

내가 가진 것이 없다고 세상 모두에게 분노와 적개심을 가지면
삶은 더욱 고단해진다.

살다 보면 갖지 못한 것이 한스러울 적도 있고, 가진 것이 짐스
러울 때도 있다.

내가 어떤 처지에 있느냐에 따라 결과가 다를 수도 있다.

가난한 사람은 부자의 넉넉함을 알 수 없고, 부자는 가난한 사람
의 절절함을 알 리가 없다.

자기의 현재 처지를 인정하고, 받아들이면 천국이고,

이를 비관하고, 지글지글 속을 끓이면 지옥이다.

천국과 지옥은 내가 만든다.

나한테는 '내가 신이다.'

당신을 사랑해

사랑은 아픔이다.

사랑은 시작이고,
아픔은 이별이다.

사랑은 떨림이고,
헤어짐은 쓰림이다.

사랑은 언제나 이별을 안고,
힘들면 놓아 버린다.

함께 있어도,
사랑은

이별을 두려워한다.
사랑은 조용히 와서
힘들게 떠난다.

사랑은 깊을수록 아픔이 깊고,
무게만큼 영혼도 아리다.

아픔이 없는 사랑은,
그냥 연애다.

사랑은 서로를 껴안고,
연애는 어깨동무를 한다.

당신을 사랑했나 봐,
모질게 아픈 걸 보면.

세월은 세월일 뿐

가는 세월을 두고,
젊은이는 느리다 하고,
노년은 화살 같다 하네.

세월은 빠르지도,
느리지도 않은데
젊은이는 세월이 빨랐으면 하고,
노년은 더디기에 간절하다.

젊은이는 내일에 희망을 걸고,
노년은 내일이 두렵다.

세월에 미련 두고
허둥대다 보면,
세월만 간다.

'어떻게 사느냐'는
세월 탓이 아니고,
나 하기에 달렸다.

세월 안에
내가 있을 뿐이다.
내가 주인공이다.

한 순간마다
한 생활마다
도전과 열정
그리고
감동을 심는 것이

세월의 보람이다.

삶을 포기한 사람들

여기저기를 다니다 보면, 세상을 살 만큼 살아온 사람들이 한숨을 푹푹 내쉬면서 삶을 원망하는 소리를 심심찮게 듣는다.

'복이 없어서'
'팔자가 사나워서'
'부부 사이가 좋지 않아서'
'자식이 속을 썩여서'
'건강이 따르지 않아서'
'만사가 귀찮아서'
'하는 일마다 망해서'
'너무 외로워서'

삶에 의욕을 잃고,

단 한 번뿐인 인생을 놓아 버린다.

삶의 우울증이다.

생명을 대신해 줄 수 없듯이,

자기의 삶을 누구도 대신해서 살아 주지 않는다.

어떤 조건에 있든,

현재의 삶에 주저앉으면 바로 낭떠러지다.

희망을 꼭 쥐고 있으면, 밝은 길이 보인다.

누구에게도 축복만 있는 삶은 아니다.

살면서 절망과 포기는 독약이다.

힘들어도,

참고, 이겨내면 잘 사는 보약이 기다린다.

어차피 삶은 성공과 실패의 치열한 투쟁이다.

끼리끼리 문화

'우리가 남이가' 하는 말을 심심찮게 듣는다.
일상생활에서 '우리'라는 말을 즐겨 쓴다.

'우리 집' '우리 식구' '우리 집사람' '우리 동네' '우리 아기' '우리 학교' '우리 직장'
결속과 친분을 다지고, 정감이 넘친다.
우리는 내가 보호를 받는 울타리이기도 하다.

조선시대 양반과 씨족 집안 문화가 뿌리를 내린 전통이자, 공동생활의 다짐이기도 하다.

나를 내세우기보다 겸손의 미덕이 깔려 있다.

'우리' 속에 내가 묻혀야 안심을 한다.

모임에 가면 고향 사람, 학교 동창, 직장 동료끼리가 태반이다.

우선 편하고 반갑다.

마음의 부담도 덜하다.

무슨 말을 해도 흉허물이 없다.

나름대로 함께하는 추억도 묻어 있다.

'고향 까마귀가 반갑다.'는 말에 정감도 간다.

혈연, 학연, 지연, 동아리, 동지가 '우리끼리'라는 친분을 깔고 있다.

'끼리끼리'라는 말의 뉘앙스가 절묘하다.

끼리란 연대감이 짙다.

같은 목표를 위해서는 여러 사람의 동참이 필요하다.

이럴 때 끼리는 훈기가 돌면서 친밀감을 더해 준다.

그러면서도 뭔가 닫힘이 느껴지고, 드러나지 않는 음모가 있어 보이기도 한다.

패거리, 작당, 무리, 계보, 세력, 코드, 식구, 파벌, 계모임이 끼리의 의미를 담고 있다. 이런 표현들이 세태에 따라 다양하게 사람들의 입에 오르내린다.

세상이 혼란스럽거나 불안하면 더욱 기승을 부린다.

'너희들끼리 다 해 먹어라.'

'너희들끼리 잘 해 봐라.'

'너희들끼리 짜고 하는 거냐?'

'너희들끼리 하는 짓이 못마땅하다.'

'너희들 판이구나.'

'너희들밖에 사람이 없느냐?'는 말은,

좋은 의미보다 아쉬움과 비아냥거림이 깔려 있다.

끼리끼리 문화는 곳곳에 나타난다.

'뭉치면 살고 흩어지면 죽는다.'라는 단결과 단합을 외치던 해방 직후 통치자의 애절했던 목소리는 혼란 시기의 우리 민족의 희망이었다.

지금은 사회가 다양화되고 복잡해지면서 뭉치는 것도 세분화되었다.

취미가 같으면 끼리가 되고,

목표가 같으면 끼리가 되고,

하는 일이 같으면 끼리가 된다.

고향이 같아도 끼리가 되고,

출신 학교가 같으면 끼리가 되고,

일가친척 동성동본이어도 끼리가 된다.

시험, 졸업 기수가 같으면 끼리가 되고,

먹이가 필요하면 끼리가 된다.

이념이나 주장이 같으면 끼리끼리가 되고,

이권이 맞아도 끼리가 되고,

음모가 필요해도 끼리가 뭉친다.

내 사람 챙기는 것도 끼리다.

끼리는 상대를 누르고 내 편에 세력을 모은다.

치열한 대립과 투쟁에서 끼리에 끼이지 못하면 외톨이가 된다는 불안감에 초조해하기도 한다.

자연 생태계에서 끼리끼리는 생존의 질서이다.

산이나 들을 가 보면 끼리끼리의 현장을 수도 없이 본다. 동물은 동물대로 식물은 식물대로 같은 종끼리 삶을 함께한다.

서로 다투거나 거스르지 않고 양보하면서, 적응하면서 살아가고 있는 모습은 그 자체가 감탄이고 질서이다.

지능과 지혜가 대단한 인간들에게 끼리끼리 문화는 강자의 세력화를 위한 횡포이고, 약자 생존의 버팀목이기도 하다.

끼리 문화가 잘못된 것만은 아니다.

음모가 깔린 끼리가 아니고 긍정적인 협력 관계의 끼리는 나무랄 필요가 없다.

　내가 잘 알고 믿을 수 있는,

　내 일이면 목숨도 바칠 수 있는,

　내 뒤를 보호해 줄 수 있는,

　내 사람만을 챙기는 끼리끼리 발상은 낭패를 보기 십상이다.

　언뜻 보기에는 끼리가 인정이 넘치고, 의리가 있고, 신의가 있는
것 같아 보이지만 이 속에는 함정이 깔려 있다.

　앞을 내다보지 못하고 눈앞에 있는 먹이에만 집중하다 보면 낭
떠러지에 굴러 떨어진다.

　덫에 걸리거나 올가미를 덮어쓸 수도 있다.

　지워지지 않는 오명의 벙거지를 쓰고 전전긍긍하는 사례를 요
즘도 흔하게 본다.

　김지하 시인의 담시 '五賊오적'(1970년 5월 '사상계' 지에 발표)을 꺼내
읽어 본다.

　50여 년이 지나면서 세상은 많이도 달라졌지만 삶의 행태는 거
기서 거기다.

　길이 아니면 가지 말아야 한다.

　끼리끼리 덫에 갇히면 너나없이 패가망신이 코앞이다.

우정 환담

참 오랜만에 추억이 새록새록한 친구가 생각나서 전화를 했다.

"여, 친구야.
오래만일세."

"그러네."
"우리 만나서 술이나 한잔할까?"
"그러지."

"어디서 만날까?"
"예전에 우리 잘 가던 선술집이 어떨까?"
"좋지."

"한잔하게나."

"먼저 받아."

"요즈음 어떻게 지내나?"

"죽지 못해 산다더니, 그저 그래."

"특별히 하는 일이나 뭐, 취미는 없고?"

"나이가 드니 여기저기 아픈 데가 많아.

혈압에다 당뇨까지 겹쳐 약을 달고 살지.

아침저녁으로 집 근처에 있는 공원을 몇 바퀴 도는 게 전부야. 음식도 가려 먹어야 한다고 해서 여간 귀찮지가 않아. 틈나면 텔레비전 보는 게 취미가 아닌 버릇이 되어 버렸어. 요즘은 스마트폰 들여다보는 재미로 살지.

그러는 자네는 어떤가?"

"나 말일세. 특별히 아픈 데는 없지.

그저 고마울 뿐이야.

지병이 있는지도 모른다네.

혹시나 어디가 안 좋다는 진단이 날까 봐 겁이 나서 병원검진을 못하고 있어.

모두가 나보고 미련하다고 그래."

"자네는 하루를 어떻게 보내나?"

"아침에 눈이 떠지면 머리맡에 라디오를 켜고, 방송을 들으면서 심호흡을 하고, 온몸 스트레칭으로 몸을 추스르지.

마누라가 손수 해 주는 아침밥을 먹고는 집을 나선다네. 나만의 공간으로 가서 음악도 듣고, 독서도 하고, DVD로 영화나 공연 감상도 하고, 짬짬이 글도 쓰고, 소식이 궁금한 지인들에게 안부전화도 하지.

때로는 전시장이나 영화관을 찾기도 한다네."

"다른 친구들은 만나지 않나?"

"더러 연락도 하고 만나기도 하는데 세월 탓인지 찰진 맛이 없어. 그저 세상사, 가정사 불평불만이 온몸에 덕지덕지야.

가끔 산행도 하지. 전국 어디든 가고 싶은 산이 있으면 떠난다네. 탁 트인 자연은 언제 봐도 신비로 가득 차서 물리지 않아. 올해에는 전국 섬 산행을 좀 할 까 해."

"혼자서?"

"혼자일 때가 많아."

"적적하고 위험하지 않나?"

"그렇기도 하지. 간혹 지인과 동행도 하지만, 속칭 코드가 맞는 사람이 없어."

"그 코드가 뭔데?"

"성격, 취미, 대화, 행동, 뭐 그런 거지."

"그런대로 잘 살고 있구먼."

"우리 술기운도 있고 하니 어디 차나 한잔할까?"

"요즘 찻집이 젊은이들 취향이라 마땅히 갈 만한 곳이 없더라고. 하긴 옛날 우리 젊었을 때 부담 없이 드나들던 다방 분위기는 찾아볼 수가 없지.

외국 브랜드에다 젊은이들 만남 공간으로 치장을 하고 있어 나이 든 사람이 들기에는 그래."

"우리 처지엔 뒷골목 선술집이 제격일세."

"그럼 어디가 좋을까?"

"바람도 쐴 겸 가까운 한강 공원이나 걸을까."

"그래, 그게 좋겠다."

"금년 겨울은 왜 이렇게 유난히 춥지. 거의 매일이다시피 영하 10도를 오르내리니 말이야."

"겨울은 추워야 제맛이지. 겨울이 몹시 추우면 다음 해에 풍년이 온다고 했지."

"자연은 순응하는 게 제일이야."

"술이 한잔 들어가긴 했지만 강바람이 시원하구먼."

"강물이 꽁꽁 얼어 물오리가 얼음 위에 모여 웅크리고 있군 그래."

"딱하긴 해도 그 또한 자연 순응이지."

"마누라는 잘해 주나?"

"뭘 말이야, 싱겁긴. 자네 요즘도 마누라 안고 자나?"

"아, 그런 뜻이 아니고 자네 구박이나 학대를 받지 않나 해서 말이야."

"자네 SNS도 못 봤나?
요즘 남편은 마누라한테 잘 보여야 한다는 거. 마누라가 무슨 말을 하든, 어떤 행동을 하건 그저, '맞소' '옳소' '잘했소' 해야 제대로 대우받는다는 거."

"세상이 많이도 변했어.
옛날에는 남편 말이라면 기가 죽어 쩔쩔 매던 시절도 있었는데."

"요즘 그러다간 밥은커녕 쫓겨나기 십상이지."

"만년에는 뭐니 뭐니 해도 처복이 제일이야.
'효자 열 명보다 악처가 낫다.'는 말 못 들어 봤어?"

부부는 평생 아끼고 존중하면서 살아야 해.

나이가 들수록 서로 챙기고 보살피는 사람은 세상에서 부부밖
에 없다네."

"세월 들수록 어디를 가든, 대우는 못 받을지언정 밉상은 되지
말아야 한다는데."

"그거야 흔히 말하지 않나.

내 몸과 주변을 깨끗이 하고,

몸가짐을 단정히 하고,

쓸데없는 간섭이나 고집을 부리지 말고,

돈이고 음식이고 욕심을 버리고,

항상 부드럽고 편한 모습으로 인정이 넘치고,

베풀면, 어디를 가나 괄시는 받지 않는다고 했어."

"옳은 말인데 알면서도 실천하기가 쉽지 않더라고."

"노력해야지.

사람대접 받으려면 어쩔 수 없지.

먼저 내 집에서, 내 가족들에게도 해당이 되는 거야."

"자네 건강 관리는 어떻게 하나?"

"가능하면 규칙적인 생활을 하려고 하는데 잘 안 돼.

음식은 먹고 싶은 거 다 먹어.

식욕은 내 몸이 필요해서 요구하는 것이니까 가릴 필요가 없다고 생각해."

"술 담배는 원래부터 안 했었고,

잠은 참 잘 자는 편인데, 매일 밤 악몽을 꾸어. 벌써 5년이 되었어. 처음에는 불길한 생각이 들기도 했는데 별일 없으니 이제는 만성이야.

규칙적인 운동을 하는 게 건강 관리에 좋다는데, 그게 잘 안 돼. 그때그때 취미형 운동이지."

"인간관계든 일이든 마음에 걸리면 그냥 놓아 버린다네. 설사 내가 불편해도 포기하고 잊어버려. 무슨 일이든 주어진 결과를 쉽게 받아들이는 편이지."

"항상 웃으며, 열심히, 즐겁게 살려고 마음을 다지고, 나한테 주어진 운명에 연연하거나 미련을 두지 않는다는 것이 내 삶의 방식이기도 하고."

"벌써 날이 저무네. 저 봐, 지는 해, 마지막 모습이 장관이네. 주변 구름도 지는 해를 붉게 감싸고 화려한 수를 놓고 있네."

"어디 가서 저녁이나 먹지."

"그러자고."

"어디가 좋을까?"

"왜 따로국밥 잘하는 집 있지 않아. 막걸리 맛이 죽여주는 집."

"그래, 가자고."

오랜만에 만난 친구인데도 참 편안했다.

언제 만나도 부담이 가지 않는 친구,

언제 찾아도 반가운 친구,

어디 있어도 보고 싶은 친구,

함께 있으면 마냥 즐거운 친구.

이런 친구가 한 사람이라도 있으면 삶에 대한 외로움은 훨씬 덜

하다.

내가 먼저 그런 친구가 되도록 나를 다독여야지.

M. T. 키케로는 우정에 관한 글에서 '친구는 또 하나의 나다.'라

고 했다.

"친구야, 또 만나세."

인간 색색

사람들 성격은 제각각이다.

태어나 성장하면서 저마다 성격이 굳어진다.

'십인십색十人十色'

'백인백색百人百色'

'천인천색千人千色'

'만인만색萬人萬色'

인간들의 모습이다.

생김새도, 성질도, 생각도, 행동도, 능력도, 소질도 다 다르다.

배움을 끝내고 사회생활을 하면서 자기 성격이 나타난다. 적응도 하고, 타협도 하고, 변질되기도 한다.

자기 나름의 주관과 주장을 펴기도 하고,

충돌과 대립으로 상대를 긴장시키기도 한다.

매사에 내가 중심이 되어야 편하고, 나한테 이득이 되어야 만족하는 고정관념이 자리 잡는다. 성격이 습관으로 자리 잡는다.

내가 불편하고, 나한테 손해가 되면 악착같이 반발하고 덤빈다. 부정적인 성격이 자리를 잡는다.

사회가 무질서하고 불안할수록 각자도생各自圖生이다. 저마다 살아남을 방도를 찾아 온 세상이 혼란스럽다. 자기에게 굳어진 부정적인 성격을 외면한 채 세상만 나무란다.

개인사, 가정사를 비롯하여 온갖 사건이, 별의별 사고가 비방 일색이다.

권력이, 정권이 뭇사람의 입에서 나불나불 매도를 당한다.

만나기만 하면, 모이기만 하면 세상 이야기에 열을 뿜는다.

보수가 어떻고, 진보가 저렇고,

좌파가 세상을 쥐고 흔든다느니,

우파가 세상을 부패의 온상으로 만들었다느니,

가진 자가 갑질에 도가 텄다느니,

그저 말, 말, 말,

근거도 확실성도 없는 온갖 정보가 하루가 멀다 하고 혼란스러운 세상일에 열을 뿜는다.

이쯤 되면 습관화된 자기의 부정적 성격이 요지부동이다. 내 마음에 차지 않으면 받아들이지 않는 성격의 습관이다.

세상은 놀랍도록 변하고 있는데 아직도 닫힌 성격에만 집착하고 있으면 삶은 깜깜하고 답답하기만 하다.

긍정적이고, 이해하고, 여유롭게 세상을 보는 탁 트인 성격으로 습관화되어야 삶이 편하고, 세상을 이해하는 길이 열린다.

길을 두고 메로 가는 바보는 되지 말아야지.

고약한 세상

여기저기
만나기만 하면,
모이기만 하면,
때와 장소를 가리지 않고,
'남을 험담하는 사람'
'남을 헐뜯는 사람'이
득실거린다.

정신병원에 가지 않아도
정상적인 사람은 아니다.
남을 학대함으로써
쾌감을 즐기는 가학加虐 성격자다.

요즘 부쩍 정신분열 증세가 유행을 탄다.
세상이 혼탁한 탓인가?
욕구 불만이 많아서인가?
인성이 경박한 탓인가?

나도 그런가?

'나도 나를 모르는데, 네가 나를 어떻게 알아.'
누워서 침 뱉기다.
부메랑이다.

칭찬하고,
격려하고,
이해하고,
포용하면
그게 세상을 잘 사는 묘약인데.

경우야 어떻든,
비방, 오기, 객기, 자만심은
나를 죽이는 극약이다.

조선시대도 아닌데,
독배는 마시지 말아야지.

참 좋은 생각

가끔 길을 가다 지하 계단이나 길가에 엎드려 구걸하는 딱한 사람 앞을 지나칠 때가 있다. 지하철에서도 장애인이나 노약자들이 눈에 뜨이기도 한다.

그럴 때마다 단돈 얼마라도 주고 싶은 생각이 나서, 몇 번 하다가 그만두었다.

알량한 체면 때문이었다. 주변 사람들이 나를 쳐다보는 것 같아 괜히 주눅이 들었다.

사람은 베풀면서 살아야 하는데 그러지 못하는 내 모습이 딱했다.

베푼다는 것은 상대방에게 따뜻한 마음을 전하는 관심의 표시이고, 사랑의 실천이다.

베풂은 비단 돈만이 아니다.
방황하는 사람에게 좋은 충고를,
노약한 사람을 부축해 주는 것도 베풂이다.
내가 조금 불편해도 상대방에게 도움이 된다면,
그 또한 베풂이다.
내 노력이 필요한 곳에 도움을 주는 것도 베풂이다.
위급한 상황에서 남을 먼저 배려하는 것도,
경사스런 일이나 슬픈 소식에 축복과 위로도 베풂이다.

생활 주변을 눈여겨보면 베풀 곳이 너무도 많다.

베풀면 분명히 삶이 즐겁다.
남을 도울 수 있다는 흐뭇함이 온몸을 감친다.
베푸는 것은 백 번을 해도 물리지 않는다.

인정이 사라지고, 연민의 정이 메말라 버린 지금의 세상에서 남에게 관심을 가지고 베풀어 준다는 것이 쉬운 일은 아니다. 귀찮아하고 외면해 버린다. 아예 관심조차 없다.

내 것만 챙기고 내 것만 소중하게 여기는 이기심을 버리고, 남을 이해하고 보살피는 이타심으로 돌려야 삶은 윤기가 흐르고 흐뭇한 보람을 느낄 수 있다.

나는 아무리 따져 보아도 베풀면서 살아오지 못한 것 같다. 가정과 이웃이나 세상을 위해서 내가 할 수 있는 작은 도움들이 많은데도 미처 챙겨 보지 못했다.

　쫓기는 삶이 그만큼 마음의 여유가 없었던 것 같다.
　'늦었다고 생각할 때가 가장 빠른 때다.'라는 격언을 가슴에 담고 베풂의 아름다움을 피워야겠다.

　'늦게 배운 도둑이 날 새는 줄 모른다.'는 말이 귓전을 간질인다.

즐거운 삶은
나 하기에 달렸다

가끔 어떻게 살고 있는지를 생각해 본다.

그냥 무미건조하게 '세월아 네월아' 하고 사는 것 같기도 하다.
소식이 뜸한 주변 사람들에게 안부 전화라도 해 보면 그도 그냥
세월 보내기 일상이다.

삶에 특별한 역할이 없으면 세월이 무료하다.

그런다고 문제가 있는 것은 아니다.

그냥저냥 살아가는 것이다.

삶이 즐거우면 엔도르핀이 마구 솟는다고 한다.

엔도르핀은 본래 통증을 잡아 주는 물질로 알려져 있다.

그렇다면 우리네 삶은 고통범벅이라는 뜻도 담겨 있다.

삶의 아픔을 잠시나마 잊게 해 주면 그게 즐거움이다.

누가 즐겁게 살고 싶지 않겠는가.

우리 주변에는 즐거움을 빼앗아 가는 일들이 너무나 많다. 돈, 명예, 직업, 질병, 사망, 사랑앓이, 인간관계 등등이 우리를 우울하게 만든다.

있어야 할 것이 없어도 심란하고, 없어야 할 것이 있어도 걱정이다.

인간의 욕심은 한량이 없다.

욕심 때문에 웃기도 하고 울기도 한다.

원하는 것이 이루어지면 삶이 즐겁고, 이루어지지 않으면 삶은 짜증투성이다.

따지고 보면 모두가 욕심이다.

욕심에 길들여지면 삶의 즐거움은 도망간다.

'마음을 비워라, 순리에 순응하라.'는 말은 지나친 욕심을 갖지 말라는 뜻이다.

'기대가 크면 실망도 크다.'는 말은 빈말이 아니다.

주어진 결과를 순순히 받아들이면 삶의 즐거움은 한결 더해진다.

삶의 목표에 욕심을 부리기보다, 삶의 과정이 즐거우면 신명이 난다.

이왕이면 짜증나는 삶보다는 즐거운 삶이 한층 마음을 편하게 해 준다.

즐거운 삶도 그냥 얻어지는 것이 아니다.

자기의 성격부터 즐거운 삶을 받아들일 수 있는 바탕이 되어 있어야 한다.

개방적이고 낙천적이어야 한다.

소심하지 않고 대범해야 한다.

작은 것에 연연하다 큰 것을 잃는 바보가 되지 말아야 한다.

즐겁게 살기 위해서는 건강도 챙기고, 다져야 한다. '건강을 잃으면 다 잃는다.'는 말은 영원한 명언이다.

즐겁게 살려면,

지나친 욕심을 버리고,
인간관계를 단순화시켜야 한다.

싫은 사람은 마음에 두지 말고,
지난 일에 연연하거나 집착하지도 말아야 한다.

사정이 허락하면 많이 베풀고,
매사에 의심하거나 따지지 말고 긍정적이어야 한다.

적당한 돈도 있어야 한다.

필요로 하는 돈이 없으면 즐거울 수가 없다.

쓸데없는 일에는 정신을 쏟지 말고,
삶의 목표나 계획이 있어야 한다.
푹 빠져드는 취미가 있으면 삶은 재미가 더하다.
어떤 관계이든, 보고 또 보고 싶은 사람이 있으면 더욱 좋다.

좋아하는 일이 있으면 마냥 즐겁고 세월을 잊어버린다.
음악을 가까이하면 그저 기분이 피어오른다.
낯선 곳으로 여행을 하면 새로운 세상이 열린다.

즐거운 삶은 누가 가져다주는 것이 아니다.
내가 만들고, 내가 빠져들어야 한다.

백년해로

이따금 남자들끼리 만나 스스럼없이 이야기를 나누다 보면 으레 부부 갈등 이야기가 건네진다.

듣다 보면 내용들이 치사하기도 하고, 민망스럽기도 하다.

전연 다툼거리가 아닌 듯한 아주 미미한 일로 싸우기도 하고, 서로가 네 잘못이라고 우기다가 멋쩍어 며칠간 대화가 없기도 한단다.

그 이야기들 속에 내 모습도 비친다.

가장 다정하고 이해심이 깔려 있어야 할 부부인데, 오랫동안 살갑게 살면서 결혼 때 서약은 어디로 가고 사소한 틈만 보이면 서로가 으르렁거린다.

밑도 끝도 없이 따지고 덤빈다.

시간과 장소도 가리지 않는다.

누가 먼저라고 순서도 없다.

이기고 지는 것을 가리는 것도 아니다.

심판이 있는 것도 아니다.

별의별 구실도 많다.

큰일보다 시시하고 대수롭지 않은 것에 더 열을 올린다.

싸우는 모양새도 가관이다.

공격적인 말인가 하면 인상만 쓰기도 한다.

때로는 살벌한 분위기가 감돌기도 한다.

서로가 일방적이다.

공격을 하고, 받으면서도 판정은 따로따로다.

부부 다툼에서 명쾌한 결론은 없고, 서로가 상처만 남는다.

부부 싸움은 마치 자동차 교통사고와 같다.

애초부터 고의성은 없다.

갑자기 부딪힌다. 정면에서, 측면에서, 후방에서 돌발성이다. 교통사고는 법이 잘잘못을 가리지만, 부부 다툼은 해결할 법이 없다.

연애를 할 때는 서로 간에 그저 좋기만 하다.

설령 상대한테서 볼썽사나운 일이 있어도 사랑으로 덮어 버린다. 만날 적마다 가슴이 설레고 얼굴이 화끈거린다. 떨어져 있어도 머릿속에는 연인의 모습만 가득하다.

막상 결혼을 하고 나면 서로가 역할과 책임이 생긴다. 살아갈수록 애정은 점점 옅어지고 생활이 짓누른다.

반복되는 일상에서 서로 간에 마음에 들지 않는 일들이 욱죈다.

살면서 부부간의 애정 문제, 자녀, 부모, 살림, 금전, 인간관계로 짜증이 날 때가 수도 없이 많다.

그럴 때마다 제일 가까이에 있는 사람이 부부다.

서로 간에 흉허물이 없으니까, 어쩌면 제일 만만하기도 하다. 이 트집 저 트집 싸잡아 감정이 폭발한다.

다투다가 상대방에게 정나미가 뚝 떨어진다.

꼬투리라야 사소하고 어쭙잖다. 시답잖고 시시콜콜하다.

남들이 들으면 웃어넘길 일인데도 부부는 신경이 날카롭다.

부부가 오래 살면, 좋은 점은 자꾸만 가려지고 결점만 보인다. 그럴 때 눈감아 주거나 참지를 못하고 시시비비를 따진다. 집안 분위기가 싸늘하게 식어 버린다. 부부간에 냉전이 시작된다.

'부부는 전생에 원수가 만난다.'는 우스갯소리가 이럴 때를 두고 한 말인가 싶을 때도 있다.

우리 속담에 '부부 싸움은 칼로 물 베기'라고 했고, '부부 싸움은 팔꿈치를 부딪히는 것과 같다. 아프긴 하지만 곧 낫는다.'는 영국 속담이 있지만, 요즘 부부싸움은 그렇지도 않다.

한번 부딪치면 상처가 쉽게 아물지 않고 오래간다.

부부가 되면 '3주간 서로 관찰하고, 3개월간 사랑하고, 3년간 싸우고, 30년간 참고 견디어야 한다.'고 했다.

부부 다툼 분위기가 보이면 무조건 그 자리를 피하는 '무대응'이 최고의 처방전이다. 살아 본 경험이기도 하다.

'자주 싸우는 부부는 이혼하지 않는다.'는 말은 이제 옛말이다. 지금은 자주 싸우는 부부는 하루아침에 이혼감이다.

서로를 가장 잘 이해하고, 감싸고, 배려해 주어야 할 인간관계는 부부다.

100세 시대를 산다는데, '가장 믿고, 의지하고, 챙겨 줄 사람은 부부밖에 없다.'라는 게, 인생을 오래 살아 본 사람들의 한결같은 조언이다.

외로움도
때로는 친구다

요즘 주변에 외롭다는 사람들이 부쩍 많다.

적령기가 되었는데도 결혼을 하지 못한 젊은이들,
직장에서 퇴출당한 실직자들,
자식 모두 딴살림 난 부모들,
이혼이나 사별을 하고 혼자된 이들,
사업에 실패하고 기가 빠진 사람들,

모두가 착잡하고 쓸쓸하단다.

대화가 통하지 않은 부부도,
뜨거운 사랑을 하다 헤어진 연인들도,
직장 생활에 적응하지 못하고 안절부절하는 이들도,

마음 트고 답답한 사연을 털어놓을 수 있는 상대가 없는 이들도, 함께 시간을 보낼 수 있는 다정한 친구가 없어서도 허전하다고 한다.

품어 주고 안아 주던 사람 중심의 세상은 이제 먼 이야기다. 인정이라고는 털끝만큼도 찾아볼 수 없는 개인 중심 사회가 되고, 끈끈한 인간관계가 사라지면서 외로움이 몰려왔다.

더불어 살면서 얼굴을 마주하고, 이야기도 나누고, 웃으면서 사는 세상이어야 하는데, 기계문명이 쏟아지면서 텔레비전, 컴퓨터, 페이스북, 스마트폰이 사람과 사람 사이에 커튼을 쳐 버렸다. 직장 칸막이가, 혼졸이, 독신이 덤이다.

사람에게 가장 견디기 힘든 것이 외로움이라는 통계를 본 적이 있다. 외로운 신세만큼 처량한 감정은 없을 듯하다.

외로움은 혼자라는 뜻이 담겨 있다.

살면서 처자식이 없어도 외롭고, 부부가 혼자되면 더 외롭다. 친구가 없어도, 형제자매가 없어도 외롭다.

혼자 사는 사람이 애완동물과 함께 생활하는 것도 따지고 보면 외로움을 달래기 위한 대리만족이다.

외로움은 언제나 텅 빈 가슴과 함께한다.

외로움을 견딘다는 것은 무척 힘든 일이다.

혼자가 얼마나 쓸쓸한지는 혼자가 되어 보아야 안다.

'과부 사정은 과부가 알고, 홀아비 사정은 홀아비가 안다.'고 했다.

만나 볼 상대가 없고, 인정을 나누는 대화의 상대가 없고, 의논의 상대가 없으면 외로움은 더욱 더해진다.

집에 왔는데 반겨 줄 사람 하나 없으면 쓸쓸하기가 이를 데 없다.

따뜻한 말, 정겨운 말 한마디 나눌 사람 없으면 못 견디게 외롭다.

주변에 사람이 있으면서 외롭게 사는 사람도 의외로 많다. 부모도, 처자식도, 친구도, 선후배도, 반겨 줄 사람도, 직장 동료가 있는데도 외롭다는 사람들이 있다.

가진 돈도 있고, 살기도 풍족하고, 명예도 있는데 외로움을 견디지 못하는 사람들도 있다.

이런 처지는 외로움이 아니고 고립이다.

주변과 담을 쌓고 스스로 갇히는 것이다.

사정이 다 있겠지만, 고독과 고립은 삶을 이해관계로 살기 때문이다.

인간관계에서도 계산을 한다.

거래 방식으로 세상을 살려니 서로 간에 주고받을 흥정거리가 없으면 마음의 문을 닫아 버린다.

나한테 득이 되지 않으면 아는 척도 하지 않는 세상이다. 알아도 모른 척한다.

하기야 동물도 먹이를 주는 사람에게 관심을 보인다.

동물을 부리려면 먹이로 다스린다.

사람도 먹이가 있으면 얼마든지 다스릴 수 있다.

그러나 먹이가 없을 때는 관심을 보이지 않는다.

돈, 권력, 직장, 정마저 없으면 상대를 해 주지 않는다. 귀찮고 성가시기 때문이다.

외로움은 누구의 탓도 아니다.

욕심 때문이다.

스스로 다스려야 한다.

세상이 변했는데 나만 그 자리에 머물면 세상은 온통 외로움 판이다.

세상에 외롭지 않은 사람은 아무도 없다.

나이가 들수록 외로움은 더 쌓인다.

외로움이 뭉치면 병이 찾아든다.

우울증도 되고, 신경과민도 된다.

더 심하면 가슴앓이도 한다.

삶의 의욕도 잃고, 인간들이 미워지고 세상이 싫어진다.

어쩌면 외로움은 스스로가 만드는 마음의 감옥이다.

살면서 마음을 열고, 가까운 사람과 정을 나누고, 욕심을 비우고, 매사를 긍정적으로 받아들이면서 마음을 편하게 가지면 외로움은 자취를 감춘다.

그래도 안 되면 고독을 친구로 삼고 함께 사는 수밖에 없다.

외로움도 받아들이면 친구가 된다.

자연은
삶의 고향이다

직장을 그만두었을 때의 일이다.

매인 생활에 길들여져 자유분방한 세상에 어떻게 적응할 것인가를 찬찬히 새겨 보았다.

우선 긴장으로 굳어진 몸과 마음을 편하게 하느라 여기저기를 쏘다녔다. 자연의 순수함을 보고 느끼면서 나를 순화시키고 세상에 적응하는 단련이 먼저라고 다짐을 했다.

한탄강, 내린천, 동강, 경호강을 찾아 래프팅을 하면서 물의 흐름에 몸과 마음을 맡겨도 보았고, 북한강 호반에서 번지점프를 하며 담력을 체험하기도 했다.

민족의 숙원인 한반도 통일을 기원하는 의미를 담고 남북 국토 종단을 계획하고, 해남 땅끝 마을에서 고성 통일 전망대까지 걷기도 했다.

한반도 삼면 바다를 찾아 마주하고 고요함을, 때로는 성난 파도를 보면서 새로이 맞이할 삶을 그려 보기도 했다.

젊은 시절 낙동강을 탐사하려던 꿈을 뒤늦게 이루기도 했다. 20세기를 마감하고 새로운 한 세기를 맞는다고 세상이 떠들썩할 때, 북한강 평화의 댐에서 서울 행주대교까지 한강 수상 종주를 하기도 했다.

전국 여기저기 명산을 찾아 등반을 하면서 자연의 품속에 안겨도 보았다.

큰 강 따라 자전거 타기도 했다.

아라운하, 한강, 북한강, 남한강, 금강, 낙동강, 섬진강 따라 혼자서 끙끙거리며 달리고 달렸다. 물길 따라 금수강산의 순수한 아름다움이 온몸에 안겨 왔다.

지구에서 가장 높다는 히말라야 산맥의 신비한 산군을 보기 위해 네 번의 트레킹, 세계의 최고봉 에베레스트(8,848m) 산봉도 마주했었다.

헤밍웨이 소설 '킬리만자로의 눈'의 유혹을 받아 아프리카 대륙의 최고봉인 킬리만자로(5,895m) 산정을 오르기도 했다. 아프리카의 대평원 세렝게티, 세계 7대 불가사의 중 하나인 응고롱고로 분화구(동서 20km, 남북 16km)에서 야생 동식물의 생존 현장을 눈여겨보았다.

남극의 길목인 남미대륙의 끝머리 파타고니아 빙하천지에서 빙벽이 무너져 내리는 거대한 신비에 놀라기도 했다.

유럽대륙 알프스산맥의 최고봉인 몽블랑(4,807m) 일주(프랑스 · 이태리 · 스위스) 트레킹에서도 자연의 신비함과 오묘함을 한껏 눈여겨보았다.

강물 흐름이 천지를 진동시키는 세계 3대 폭포인 나이아가라(미국 · 카나다), 이구아수(브라질 · 파라과이), 빅토리아(짐바브웨 · 잠비아)를 본 섬뜩한 체험도 잊을 수 없다.

가는 곳마다 순수 자연의 아름다움과 가장 잘 조화된 생태계의 현장은 지상천국임을 알게 해 준 소중한 계기였다.
인간도 자연의 한 부분임을 절감하며 대자연 속에서 그 존재는 지극히 미미하다는 떨림이 온몸에 전해져 왔다.

직장 조직의 틀 속에서 끊임없이 훈련되고 다져진 삶의 중압감에서 벗어나 새로운 삶으로 다가가는 길을 찾아 자연 속에 안긴 것이 참 잘한 선택이었다.

이곳저곳 자연과 생태계를 보고 느끼면서, 질서와 순리를 확인하는 좋은 경험이 되었고, 자연에서 터득한 삶의 지혜가 마음속 깊이 새겨졌다.

자연은 투쟁이 아니고 질서고, 상극이 아니고 공생이며, 저항하지 않고 순응한다는 현장이 속속들이 나를 일깨웠다.

자연은 조급하지 않고 넉넉하며, 막지 않고 열어 주며, 변칙이 아니고 조화라는 사실도 알게 해 주었다.

자연은 어떤 것도 밀어내지 않고 받아들이며, 견디기 힘들면 스스로 도태되고, 어떤 조건에서도 서두르지 않는 현장을 확인시켜 주기도 했다.

자연은 주어진 환경을 거부하지 않고 유유히 받아들이는 순수함이 아름다웠다.

마주한 자연의 순리와 질서가 새로운 삶으로 다가갈 수 있는 길을 찾게 해 주었다.

누구나 한 번쯤은 자연의 품속에 안겨 무아지경에 잠겨 보면 새로운 나를 만나는 놀라운 감동을 만날 듯싶다.

길 위의 길

우리는 살면서 수도 없이 길을 걷는다.

그냥 걸어 보기도 하고 목적지가 있어서 걷기도 한다. 가다가 쉬기도 하고, 돌아서기도 한다.

가기 싫은 길이 있는가 하면, 싫지만 가야 하는 길도 있다. 가다가 길을 잃거나 놓치면 낭패를 당한다. 낯선 곳에서 가야 할 길을 잃으면 허둥거린다.

아는 길을 가기도 하지만 모르는 길을 가야 할 때도 있다. 물어서 갈 수 있으면 다행이지만, 물어볼 곳이 없을 때는 난감하다.

산행을 하다 길을 잃으면 불안과 긴장이 온몸을 짓누른다. 큰 산일수록 위험에 빠진다. 잘못 가면 엉뚱한 곳으로 가기도 하고, 목적지가 다르면 다시 돌아와야 한다. 전신에 힘이 빠지고 녹초가 되기도 한다.

나에게도 산맥 등반을 하다 길을 잃은 경험이 몇 번 있다.

우리네 삶도 낯선 길을 가는 것과 다름없다.
반드시 좋은 길만 있는 것이 아니다.
그렇다고 나쁜 길만 있는 것도 아니다.
'인생길이 몇 굽이냐'는 노랫말도 있다.
살다 보면 고비마다 희로애락이 뒤섞여 있다.
그러나 누구도 고된 길보다는 좋은 길만을 걷고 싶어 한다.

어디 마음대로 되지 않는 게 인생길이지만, 덤비지 않고 찬찬히 살피면 좋은 삶의 길을 찾아갈 수 있다.

나를 희생하고 상대를 보살피는 길,
매사에 비난이나 험담보다 칭찬하는 길,
배신당해도 보복하지 않는 길,
상대의 단점보다 장점을 보는 길,
무턱대고 불신하기보다 일단은 신뢰하는 길,
독차지하기보다 나누어 갖는 길,
실수나 잘못에 질책보다 반성의 기회를 주는 길,
받기보다 주는 길,

이런 길도 있다.
현재에 안주하기보다 내일을 준비하는 길,
고집을 부리기보다 양보하는 길,

부당한 재물보다 명예를 존중하는 길,
명성에 목매기보다 상대를 위하는 길,
고집이나 독선을 버리고 화합을 선택하는 길,
탐욕을 버리고 청렴을 앞세우는 길,
오만을 버리고 겸손할 줄 아는 길,

좋은 길은 또 있다.
아첨하기보다 진실을 추구하는 길,
무턱대고 사치하기보다 분수에 맞게 사는 길,
욕심을 채우기보다 남을 배려하는 길,
방심보다 관심을 가지는 길,
방관보다 참여하는 길,

어디 이뿐이랴.
구차한 변명보다 솔직함을 몸에 익히는 길,
나아갈 때와 물러설 때를 아는 길,
집착보다 이해하고 양보할 줄 아는 길,
권력을 남용하기보다 정의에 충실한 길,

나보다 못한 사람을 짓밟기보다 자상하게 챙겨 주는 길,

나 편하면 그만이지보다 상대방 불편도 생각해 주는 길,

이러한 길들이 참삶의 진국이다.

살아가기 위해, 남보다 앞서기 위해, 성공하기 위해 치열한 생존 경쟁에 빠지면 진정한 삶의 길을 놓쳐 버리고, 잘못된 길을 가기 마련이다.

살면서 어떤 길이 좋은 길인지 보이지만 길들여지지 않아 외면해 버리기가 십상팔구다.

젊을 때 세상 따라 정신없이 살다가 물러설 때쯤이나, 물러난 후에야 비로소 참삶의 길들이 눈여겨 보인다.

잘 사는 바른 길은 내가 마음을 비우고, 양보하고, 욕심을 내려놓아야 보인다.

그런데도 따르기가 쉽지 않다.

살면서 몸에 밴 굳어진 버릇 때문이다.

우리 속담에 '길이 아니거든 가지 말라.'고 했다.

사는 동안 삶의 진정한 길을 따라가면 사는 보람이 뭉텅뭉텅 안겨 올 것이다.

후회하지 않는 삶

살다 보면 어떻게 사는 것이 현명한지 더러 되물을 때가 있다. 사람마다 사정이 다 다르니 응답도 다 다를 수밖에 없다.

어느 친숙한 모임에서 질문을 던져 보았다.

"어떻게 사는 게 잘 사는 것이지?"

한 친구가 "새삼스럽게 무슨 소리야. 사는 대로 사는 거지." 한다.

또 한 친구가 "가진 돈 있으면 다 써." 한다.

그 말 듣고 있던 친구가 "좋은 일 하고 살아. 죽고 나면 다 그만이야." 했다.

사람마다 생각이 달랐다.

세 사람 모두가 그럴듯한 말이다.

그러고 보면 어떻게 사는 것이 잘 사는 것인지 나 스스로가 알아서 할 일이다. 내가 만족하면서 살면 잘 산다고 할 수도 있고, 남에게 도움을 주고, 베풀면서 사는 것이 잘 사는 것일 수도 있다.

항상 마음과 물질이 문제가 된다.
마음이 풍족해도 가진 재물이 없으면 삶이 고달프고, 어느 정도의 재물이 있어도 마음이 빈약하면 삶이 힘들다.

세상 사람들은 가진 것을 베풀면서 살라고 한다.
욕심을 비우고, 상대의 입장을 이해하고 받아들이면서 살라고도 한다.
남을 해치거나 궁지에 몰지 말고, 힘이 있다고 상대를 괴롭히지 말라고 한다.

더불어 사는 세상인데, 남들은 안중에 없고 나만 편하고 즐거우면 그만이라는 속물근성은 잘 사는 처신이 아니다.

지금의 세상은 어떤가.

나 좋으면 그만이고,
나 편하면 그게 전부이고,
인정사정 볼 것 없이
내가 원하면 다 들어주어야 한다는 세상 아닌가.

남을 의식하지 않고, IT문화에 푹 빠진 세상이다.

지금이라도 후회하지 않는 삶이 되려면,

나의 참모습을 찾아야 하고, 나의 진정성을 알아야 한다. 더불어 사는 공동체 의식도 익혀야 한다.

모임에서 이런 말 저런 말 나눈 뒤에 덕담을 폈더니 "오냐, 너 잘 났다." 하고는 한바탕 웃음보가 터졌다.

한평생 살면서 후회 없이 살기는 정말 어려운 일이다. 그래도 잘 살아야 한다.

살아온 삶을 되돌아보기도 하고, 현재의 삶을 되짚어 보면서 지금 내가 잘 살고 있는지를 챙겨야 한다.

더 나은 삶을 살 수 있는 진지한 고민을 하면 후회 없는 인생이 되리라.

광활한 대륙
지구의 신비

여든에 겁도 없이 멀고 먼 트레킹에 따라나섰다. 미국 중서부에 펼쳐진 대자연의 신비를 볼 수 있다는 그럴듯한 권유에 동참을 했다.

아홉 명에서 나를 뺀 모두가 내로라하는 산악 베테랑들이었다. 주눅이 들었지만 무리를 하지 않으면 아무것도 얻을 수 없다는 지난날의 경험으로 오기를 부렸다.

RV(recreational vehicle 일명: 캠핑카)에서 먹고 자고 이동하면서 13일간 미국 서북부 6개 주에 걸쳐 5대 국립공원을 살펴보는 여정이었다.

샌프란시스코에서 국내선으로 환승하여 미 대륙 서부의 황량한 지역에 보석 같은 '솔트레이크시티'에서 일정이 시작되었다.

RV로 '옐로우스톤 국립공원' 웨스트 게이트로 7시간을 달렸다.

날이 저물면서 눈이 내리기 시작했다. 일교차가 심한데다 고도가 높아서 9월 하순이면 눈이 내린다고 한다. 달리는 차 헤드라이트에 흩날리는 눈보라 풍경은 멋졌다.

눈발이 심해 안전이 염려되어 공원을 채 못 미쳐 차에서 하룻밤을 지새웠다. 날이 밝으면서 차 밖은 온통 눈으로 덮였다. 차에서 아침밥을 해결하고 공원을 찾았다. 공원 입구에서 출입절차를 끝내고 공원 안으로 들어섰다.

공원은 온통 자연 그대로의 원시림으로, 길 이외에는 누구의 손질도 없었다. 공원 구역 안에는 간소한 공원관리사무소 시설만 있어 자연 그대로를 보존하고 보호하는 생태공원이었다.

옐로우스톤은 세계 최초의 국립공원(1872년)이자 3개 주(와이오밍, 몬타나, 아이다호)에 걸쳐 있는, 미국 최대의 국립공원이란다.

앞뒤를 가늠할 수 없는 넓디넓은 땅, 수시로 땅속을 휘젓고 치솟는 수증기와 물줄기를 뿜어내는 수천 개의 간헐천, 일곱 색깔로 조화를 부린다는 거대한 호수, 몸집이 우람한 들소와 멋진 뿔을 가진 엘크, 육중한 곰, 회색 늑대를 비롯한 온갖 야생동물들의 한가로운 풍경은 먼먼 원시 자연 그대로였다.

공원을 가로지르는 웅대한 대협곡의 가장자리를 걷는 짜릿함, 거대한 폭포를 훑고 유유히 흐르는 우람한 강물은 온몸을 저리게 했다.

옐로우스톤 공원에서 3일간을 돌았지만 주마간산 격이었다. 워낙 넓은 면적이라 공원 안 주요 지점만 트레킹을 한 셈이다. 구석구석을 샅샅이 탐색하려면 한 달도 부족할 정도란다.

옐로우스톤 공원 남문(5개 출입문 중 하나)을 거쳐 3시간을 달려 '그랜드티턴' 국립공원에 닿았다.

그랜드티턴은 4천 미터 이상 봉우리 셋이 나란히 한 산군이었다. 마치 여인의 젖가슴처럼 부풀어져 붙여진 이름인데, 실제 모양은 날카로운 거대한 바위 봉우리였다. 온 산이 눈을 덮어쓰고, 산 밑 더 넓은 호수와 어우러져 자연이 빚은 또 한 폭의 멋들어진 산수화였다.

그랜드티턴에서 이틀 동안 두 번의 트레킹을 했다. 한 번은 잭슨 호숫가를 따라서, 다음 날은 제니 호수를 건너 깊은 원시 자연이 보존된 티턴 계곡을 돌아 나왔다. 바로 무너질 듯 깎아지른 바위산 밑을 더듬고 가려니 오금이 저렸다.

다음 날은 RV로 12시간을 달려 '브라이스 캐년' 국립공원에 도착했다. 브라이스 캐년은 자연이 빚은 거대한 조각 전시장이었다.

오랜 세월 동안 풍화작용으로 붉은색과 황금색으로 수십만 개의 다른 모양들이 땅 아래로 조화를 이루어, 만고천하에 이런 장관이 또 어디에 있을까 싶었다. 내려다보아도, 올려다보아도, 옆으로 보아도, 멀리서 보아도, 가까이서 보아도 그저 어안이 벙벙했다.

세월이 빚어낸 변화무쌍한 풍광은 아름다움과 신비의 극치였다.

'자이언 캐년' 국립공원으로 이동했다.

해발 2000미터가 넘는 협곡 위로 칠팔백 미터의 온갖 형태의 바위 봉들이 장관이었다.

언뜻 한국의 산들이 어른거렸다.

서울 북한산, 도봉산, 강원 설악산, 충북 월악산, 충남 대둔산, 경북 주왕산, 전남 월출산을 한곳에 모아 몇 배로 부풀려 양편으로 올려놓은 듯했다.

깎아지른 절벽이 곧 무너질 듯 위압감마저 느껴져 온몸이 오싹했다.

종일 이곳저곳을 오르락내리락 아슬아슬한 트레킹을 즐겼다. 세계 각국의 산 마니아들이 제법 붐볐다.

자이언 캐년에서 두 밤을 보내고 '그랜드 캐년'으로 이동하면서 콜로라도 강줄기에 말발굽 모양(Horseshoe Bend)으로 휘감아 도는 암벽을 만났다. 주변은 온통 바위 천지에 나무나 풀은 어디에도 찾아볼 수가 없었다.

강 물줄기가 삼면의 바위에 휘감겨 완전 U 자로 돌아 나가는 모습을 300미터 높이의 깎아지른 절벽 위에서 내려다보는 절묘한 풍경은 황폐한 대륙의 신비스런 보석이었다.

'앤틸로프 캐년'을 들렀다.

이 무슨 조화인가. 입구부터 위압감에 가슴이 철렁했다. 위쪽이 뚫린 지하 동굴 협곡은 마치 신이 빚은 착각에 빠질 만큼 신비가 묻은 굴곡의 향연이었다. 온 벽면이 유리같이 매끈한 붉은색 암석으로 용틀임을 하고, 빛의 음양을 받아 부드럽고 기묘한 모양을 시시각각으로 빚어내고 있어 장관이었다.

죽기 전에 한 번은 꼭 가 봐야 하는 세계 20곳 중 하나로 선정된 곳이라고 한다. 세계 사진작가들의 촬영 성지로도 알려져 있었다.

쓸모가 없어 버려진 더 넓은 황량한 벌판에 물길 따라 땅속에 펼쳐진 신비한 벽면 곡선에 내 몸도 함께 뒤틀리면서 황홀함에 취했다.

이 동굴은 1930년에 지역 토박이인 나바호족 인디언의 한 소녀가 잃어버린 소를 찾아 헤매다가 발견되었고, 지금도 나바호족이 관리하고 있단다.

두 시간여를 달려 지구의 역사라 일컬어지는 '그랜드 캐년' 국립공원 남쪽 캠핑 공원에 도착했다. 이틀을 머물면서 그랜드 캐년의 진수를 살폈다.

땅과 자연이 긴 세월 동안 함께하면서 빚어 놓은 신비로운 장면
들이 그저 놀라움이었다.

대협곡 밑바닥에는 콜로라도 강물이 유유히 흐르면서 새로운
경이를 만지작거리고 있었다.

수 킬로미터의 절벽 난간을 걸으면서 아슬아슬 현기증이 날 지경
이었고, 절묘한 협곡의 풍광은 황홀함과 감탄의 생생한 현장었다.

트레킹 마지막 코스는 지구 상에서 땅의 기운이 가장 강하다는
'세도나'였다. 세계적인 명상가나 도인들이 강한 기를 받기 위해
즐겨 찾는 곳이란다.

소도시를 둘러싼 산봉들이 거대한 붉은 바위를 이고 있어 보는
것만으로도 기가 펄펄 살았다.

'라스베이거스'에서 일정을 마무리하고 귀국길에 올랐다.
참 멋진 트레킹의 경험이었다.

거대한 자연 앞에 서 있는 나는 그저 한 점이었다.
마치 인간이 세상의 주인인 양 거들먹거리는 오만을 털어야 한
다는 생각에 한동안 멍했다.

지구 나이 45억 년을 지나면서 태양, 바람, 물에 의한 핥임과 씻김의 연출로 빚어진 아메리카 대륙의 거대한 협곡! 자연 그대로 보존된 절묘한 신비에 감탄을 안고, 3000킬로미터의 긴 여정을 영영 잊히지 않을 추억 속에 담았다.

<2부>
삶의 도전과 열정

확실한 삶의 목표가 있으면
부딪쳐야 한다
출발해야 목적지에 갈 수 있다
끝없는 도전과 열정에
불을 지펴야 삶이 끓는다
어차피 삶은 모험이다

삶은 아는 만큼 보이고
보는 만큼 느끼고
느낀 만큼 담는다

탄식과 희망

요즘 사람을 만나면 '이제'라는 말을 자주 듣는다.

이제, 결혼하기는 늦었어.

이제, 돈 벌기는 틀렸어.

이제, 늙었어.

이제, 퇴물이야.

이제, 별 볼 일 없어.

하나같이 삶을 포기한 절망의 소리다.

이제, 뒷방 신세다.

이제, 갈 곳이 없어.

이제, 천덕꾸러기야.

이제, 죽을 때가 다 됐나 봐.

이제, 망했어.

이제, 버림을 받았어.

듣기만 해도 소름이 끼치는 말이다.

이제, 끝장이야.

이제, 찾는 사람도 없어.

이제, 불러 주는 사람도 없어.

이제, 알던 사람도 모르는 척해.

이제, 끼워 주지도 않아.

탄식조의 넋두리지만 가슴을 찡하게 한다.

힘들게 살면서 스스로를 학대하고, 삶을 포기하는 안타까운 독백들이다.

살면서 '이제'라는 말을 하찮게 입에 담고 있다.

'말이 씨가 된다.'는 격언을 명심해야 한다.

'이제'는 희망의 소리가 아니고 탄식이다.

'이제'는 시작이 아니고 단절의 소리다.

'이제'는 아쉬움이 서려 있고 끝장을 의미한다.

'이제'는 단념하고 포기한다는 절망의 말이다.

긍정이 담긴 말은 용기와 희망의 싹이 트고, 부정이 서린 말은 절망의 싹이 내민다. '콩 심은 데 콩 나고 팥 심은 데 팥 난다.'는 속담은 삶의 깊은 가르침을 짚어 준다.

누구든 저마다 자기의 삶을 챙겨야 한다.

남이 나를 알아주거나, 찾아 주기를 기다리면 사는 게 고달프다. 내가 적극적으로 설계하고, 잘 살 수 있는 청사진을 만들어야 한다.

팔자타령이나 신세타령만 하고 따분하게 하루하루를 보내면 사는 것이 무척 지루하고 짜증스럽다.

삶은 '이제'가 아니고 '지금'부터다.

삶에는 희망과 용기가 필요하다.

내 역할이 없다고 해서 삶이 끝난 것은 아니다.

스스로 무너지는 푸념은 스스로를 포기하는 삶이다.

지나간 세월은 흘러간 물이다.

한번 흘러간 물은 되돌아오지 않는다.

웃음도, 울음도, 기쁨도, 슬픔도 지나면 그만이다.

지난 세월에 미련을 둘 필요가 없다.

쓰린 과거에 연연하면 현재가 서글퍼진다.

당장 보고 느끼는 지금이 자기에게 주어진 멋진 굿판이다. 어떻게 요리를 하느냐에 따라 내 삶의 희로애락의 맛이 연출된다.

　누구나 사는 동안 즐겁고 행복한 삶을 원한다.

　절망과 탄식에 허우적거리기보다 현재의 내 삶에 희망과 감동의 씨앗을 심어야 한다.

　주어진 기회는 지금부터다.

　순간순간을 잘 살아야 한다.

　모든 가능성을 열어 두고 희망과 용기로 밀어붙여야 한다.

　설령 지금의 삶이 우울할지라도, 긍정적이고 열정을 쏟으면 희망이 웃으며 내 곁으로 다가온다.

즐겁게 살기

가끔 지난 세월에 인연이 된 사람들을 만나면 세상 사는 이야기로 정담을 나눈다.

으레 '요즘 어떻게 소일하느냐?' 안부를 묻는다.

'직장을 그만두고 하는 일이 없으니 하루를 보내기가 여간 지겹지가 않다.'고 한다.

언젠가 임진강 따라 '안보 둘레길'을 걷는데 생태해설사의 이야기가 잊혀지지 않는다.

34년간 직업군인 생활을 끝내고 출퇴근 없이 긴장을 풀고 집에 있으니, 그렇게 좋을 수가 없었단다. 한 달이 가고 두 달이 지나니 맹한 기분이 들면서 낯선 곳에 귀양이라도 온 듯했단다.

철저한 규칙 생활에 길들여진 육신이 자유분방한 생활에 적응을 못하고 하루하루 보내기가 무척 힘이 들었다고 했다.

아내는 남편의 출퇴근에 길들어 있어 여간 답답해하지 않더란다. 집 안에 눌러 있는 것이 부담스러워 아내의 눈치를 보고 있는데, 우연한 계기로 생태해설사 자격증을 얻고, 직업군인 경력이 참작이 되어 안보 둘레길 안내 겸 임진강 생태환경 해설사로 취업이 되었단다.

새로운 생활의 즐거움이 하늘을 날 것 같다고 환하게 웃으며 만족해했다.

누구나 건강을 잘 다스리면 백수白壽도 할 수 있다는 희망을 주고 있다. 최근 의약의 발달과 풍요로운 생활환경의 여유로 평균수명이 길어지고 있다.
요즈음 70세에 노년 취급을 하면 약간은 섭섭해한다.

빠르게 변하는 세상에서 대개 오십 대 초반만 되어도 일자리에서 밀려나 어영부영 세월과 씨름한다.
젊은 시절에는 맡은 일에 푹 빠져 성취나 보람으로 세월을 밟고 가다가 어느 날 퇴출이라는 날벼락에 천 길 낭떠러지로 떨어지는 절망과 마주친다.
늘그막의 삶을 어떻게 추스르고 보낼 것인지 세월이 두렵기도 하다.

만년이 여유로우려면 건강과 생계가 안정되고 삶에 즐거움이 있어야 한다.

건강에 문제가 없어도 먹고사는 것이 어렵거나, 돈이 많아도 건강이 따르지 않으면 만년은 힘들다.

건강과 돈이 있어도 삶에 즐거움이 없으면 사는 것이 허전하고 지겹다.

예부터 흔히들 사람은 오복(壽, 富, 康寧, 攸好德, 考終命)을 갖추어야 삶의 축복이라고 했다.

건강하게 부자로 오래 살면서, 덕망으로 생을 끝내면 더 이상 바랄 것이 없다고 욕심을 부렸다.

오복을 지니고 사는 사람을 찾기는 어렵다.

설사 오복을 타지 못했을망정 만년의 삶을 비관하거나 포기하지 말아야 한다.

'지나친 욕심을 자제하면 행복을 얻는다.'는 넉넉한 마음가짐으로 남은 삶을 편하게 사는 지혜가 필요하다.

건강이 약하면 건강을 다지고, 재물이 빈약하면 분수대로 사는 것이다.

건강이 따르고, 생계에 불편이 없다면 하루하루를 즐겁게 사는 것도 별미다.

도움이 필요한 사람들에게 베풀면서 봉사하면 더 아름답고 즐거운 삶이다.

너나없이 하는 일 없다고 기가 죽어 지낼 필요는 없다.
인생의 황금기에 세상의 틀에서 열심히 일했고, 나름대로 가정과 사회에 역할과 기여를 한 당당한 주역이다. 남은 인생을 즐겁게 잘 살아야 할 보너스를 가지고 있다.

즐거움이 없는 생활은 이승의 지옥이다.
인생을 즐거움 때문에 사는 것은 아니지만, 즐거워야 살맛이 난다.

살아오면서 마음에 남겨진 상처는 지우고, 이 세상에 왔다가 잠시 머물다 가는 삶인데 잘 살아야 한다.
웃으며 살아도, 울면서 살아도 어차피 한평생이다.
항상 밝은 생각과 자신을 사랑하는 마음가짐이 나를 즐겁게 한다.

즐거움은, 크고 많은 것에만 있는 것이 아니다.
작고 적어도, 가슴이 따뜻하게 열리면 즐거움은 안겨 온다.

하루하루 사는 게 즐거우면 행복한 삶이다.

내 마음 나도 몰라

살면서 '마음'이 무엇인지 따져 본 적이 한 번도 없다.

'마음은 마음이지' 달리 생각해 볼 필요가 없었다.

살아온 세월을 뒤돌아보면 마음 때문에 속 끓인 때가 한두 번이 아니다.

좋았던 일은 그냥 지나치고, 힘들었던 일은 두고두고 마음속에 맺혀 있다.

어려움이 있을 때면 '마음먹기에 달렸다.'고 다짐을 해 본다. 꼭 바라는 일이 잘 풀리지 않으면 '마음대로 안 되네.' 하고 아쉬움이 남는다.

난처한 경우가 되면 '내 마음 나도 몰라.' 한다.

입장이 곤란하면 '마음대로 해.' 하고 한 발짝 물러선다. 간절히 원하면서도 속내를 보이기 싫으면 '마음은 굴뚝같다.'고 내숭을 보인다.

마음은 곤란한 경우마다 잘도 피해 다닌다.
천국과 지옥을 오가기도 한다.
마음에는 선과 악이 동거한다.
마음은 잘 흔들려서 중심 잡기도 어렵다.
행복과 불행의 문을 열기도 하고 닫기도 한다.

정말 마음은 요지경이다.

세상에 마음만큼 애매하고 불확실한 것은 없다.
그런데도 세상일은 마음이 다스린다.

사랑도 마음이고, 우정도 마음이다.
미움도 마음이고, 그리움도 마음이다.
기다림도 마음이고, 슬픔도 마음이다.
칭찬도 마음이고, 속임도 마음이다.
행복도 마음이고, 불행도 마음이다.
회로애락도 마음의 발동이다.

신체의 오장육부도 아니고, 형체도 없으면서 마음만큼 변덕이
심한 것은 어디에도 없다.
마음먹기에 따라서는 세상은 온통 난리가 난다.
전쟁도, 정치도, 경제도, 예술도 모두가 마음의 충동에서 시작된다.

결혼도, 이혼도, 독신도, 졸혼도 내 마음에서 싹이 튼다.

마음이 편하면 세상이 바로 보이고, 마음이 흔들리면 세상이 뒤집혀 보인다.
마음을 잘 다스리면 세상은 내 편이고, 마음이 뒤틀리면 세상은 지옥이다.
마음을 잘 다스리면 내가 천사가 된다.

마음을 잘못 다스리면 갈등이 생기고 악으로 빠져든다. 심하게는 원한과 복수심이 부글거린다.
끝내는 뭇사람을 괴롭히고, 나도 구렁텅이에 빠지고 만다.
마음이 괴로우면 몸도 고달프다.
마음에 담는 의심과 미움과 원망은 나를 힘들게 한다.

마음은 한곳에 머물지를 못하고 늘 살아 움직인다.
한없이 넓고 깊기도 하다.
항상 달아날 준비를 하고 있다.
마음은 변덕이 죽 끓듯 한다.

마음이 혼란스러울 때는 차분히 마음을 가라앉히고, 고집을 버리면 우선 속이 편해진다.

말은 쉽지만 행하기는 무척 어렵다.

그래도 마음을 잘 다스려야 세상이 바로 보인다.

내가 살아가는 데도 수월하다.

내 마음이 더없이 맑으면 내 삶은 축복이다.

내 마음이 간사하면 내 삶은 뒤죽박죽 죽을 쑨다.

실체가 없는 내 마음이 나를 죽이기도, 살리기도 한다. '내 마음 나도 몰라.'가 아니라, 내 마음을 잘 다스려야 세상이 밝아 보인다.

남은 세월

나이 들어 또래들을 만나면 모두가 서글픈 탄식이다. 성인병 한두 개는 기본이고, 자기 몸은 종합병원이란다. '이제 갈 곳은 딱 한 군데밖에 없어.' 하고는 헛웃음도 친다.

생로병사가 숙명이라지만 순순히 받아들이기에는 서운함이 묻어있다.

모두가 한풀 꺾인 퇴역 유한족有閑族의 우울증이다.

이들의 한결같은 바람은 건강, 경제력, 부부 금실, 친구, 취미로 모아진다. 나무랄 데 없는 욕심이다.

만년에 이 다섯 가지 조건을 모두 갖춘 복덩이는 많지 않다. 주변을 보면 다들 필요하고 충분한 조건에 목말라한다.

오복이 그리 쉬운가.

그런데도 욕심은 하늘을 찌른다.

나이가 들면 몸이 쇠잔해지고, 기억력이 감퇴되면서 매사가 무기력해진다. 몸이 허약하면 병이 찾아드는 것은 거부할 수 없는 자연의 섭리다.

사람에게는 마음먹기에 따라서 초능력이 있다.
의지와 신념의 화살은 바위를 뚫을 수도 있다.
'세월 따라 어찌할 수 없지 않느냐.' 체념하기보다 희망을 가지고 평소 관리를 잘하면 불안에서 벗어날 수 있다.

여태껏 가족이나 직장과 사회를 위해서 살았다면, 지금부터는 나를 위해서 살아야 한다.
남의 눈치나 보고 비위를 맞추고 살았다면, 이제는 남을 의식하지 말고 나에게 충실한 삶을 찾아야 한다.

어쩔 수 없이, 마지못해 습관적으로 그대로 살아간다면 허망하게 삶을 마감할 수밖에 없다.

좋은 세월 어정어정 다 보내고 만년을 대비하여 준비하지 못한 채 병들고, 돈 없고, 부부 남남 되고, 웃음 나눌 친구 하나 없고, 재미에 흠뻑 빠질 소일거리 하나 없는 지금에서야 후회해 본들 가슴만 답답할 뿐이다.

　남이 내 삶을 대신 살아 주지도 않는다.
　책임지지도 않는다.
　내 삶은 오직 내 삶일 뿐이다.
　괜한 고집이나 오기는 삶의 걸림돌이다.
　한때 잘 산 세월이 있었다면 그 미련도 버려야 한다.

　지금부터라도 사는 동안 잘 살아야 한다.
　어떻게 사느냐는 내가 결정한다.

　건강을 다지고, 남에게 신세를 지지도 말아야 한다.
　다른 사람한테 피해도 주지 말고, 내 분수를 알고, 세상을 아름
답게 보면서, 기분 좋게 살면 참 잘 사는 길이다.

　삶의 추억과 흔적들을 정리하면서, 여유가 되면 베풀기도 하면
만년은 더 아름답다.

　남은 세월,
　마음을 다잡고,
　현재를 비관하지 말고,
　가진 만큼 관리를 잘하면,
　삶은 한층 따뜻하게 나를 감싸 줄 것이다.

오래 살아 미안

세월이 좋아 노년 인구는 늘어나는데 가정과 사회는 걱정이 태산이다. 생산인구는 줄어들고 복지비용은 눈덩이처럼 불어나, 나라도 노화현상에 시달린다.

세상인심과 풍속도 많이 달라졌다.
핵가족, 자녀 과잉보호, 정서교육의 부재, 남녀의 실질적인 평등, 생활의 스피드화, 치열한 흑백논리, 전자문화가 세상을 뒤흔들고 있다.
예절문화도 사라졌다.
핵가족이 되면서 가정 훈육도 뭉개졌다.

번거롭고 불편한 것은 사정없이 외면해 버린다.
만사는 내 기준이 잣대다.

세상은 많이도 야박하고 삭막해졌다.

인정도 이웃도 위아래도 없어졌다.

나이로 통하던 시대도 끝났다.

내가 편하고, 나에게 득이 되어야 돌아가는 세상이다.

얼마 전 어느 잡지에서 읽은 기사 내용이다.

'지하철을 타면 노인들이 득실거려 몸 둘 바를 모르겠고 시선을 둘 데가 없어 눈을 감아버리거나 신문이나 스마트폰에 눈을 깐다. 앉아 있자니 서서 몸을 가누지 못하는 노인네가 송구스럽고, 자리를 내주자니 출퇴근에 지친 몸이라 짜증이 난다. 노인 무임승차제도를 없애 버렸으면 좋겠다.

공원 벤치나 쉼터에 가면 노인네들이 자리를 차지하고 있어 모처럼 데이트에 김이 샌다.

노인인구가 많아지니 의료보험금 부담이 늘어나 상대적으로 수입이 줄어든다.'

젊은이들 눈으로 보면 다 일리가 있다.

마땅히 하는 일 없이 노인들이 여기저기 배회하는 모습은 누가 보아도 딱하다.

소년이 청년이 되고, 청년이 장년이 되고, 장년이 노년이 되어

세대 간 밀려서 세상을 떠나는데, 젊은이들에게 노년이 귀찮은 존재로 비쳐지는 것은 세상을 오래 살아 보지 않은 탓일 뿐이다.

어른도, 스승도, 선배도, 상사도 무시되는 세상이 두렵기도 하다.
노년은 갈 곳이 마땅치 않다.
적당한 소일거리도 없다.
어디를 가나 그저 부담스런 존재다.
오래 살아서 미안할 뿐이다.

의술은 인간의 수명을 늘리는 데 초미의 관심사다.
제4차 산업혁명과 사회 구조가 엇박자를 치고 있다.
생산성이 없는 노년의 수명을 늘리는 것은 가정과 사회에 부담만 늘리는 셈이다.
오래 산다고 좋아할 일만은 아닌 것 같다.

노년도 이제는 정신을 바짝 다잡아야 한다.
나이보다는 대등한 인격이 요구되는 세상이다.
현실적인 이해관계가 없으면 만남이 필요 없고, 이해관계가 부딪치면 '내가 먼저'라는 이기주의 세상이다.
세월의 서열이 아니고 '나와 너'가 있을 뿐이다.

이제 나이가 방패가 될 수 없는 세상인심을 받아들여야 한다.

노년이 되면 세월을 탓하지 말고, 세상의 흐름에 편승해야 삶이 편하다. '어쩌다 세상이 이 꼴이 되었지.' 하는 탄식은 나만 힘들게 할 뿐이다.

노년이 되면 내가 나를 챙겨야 삶이 편하다.
병마에 시달리기 전에 건강을 챙기고,
내가 할 수 있는 소일거리를 찾아야 한다.

대접받기를 기대하기보다 내가 먼저 상대를 챙기고,
과거에 연연하지 말고 내 분수에 맞게 살아야 한다.
죽음은 예고가 없다.
정신이 온전할 때 이승을 떠날 준비도 해 두어야 한다.
가진 재산은 살아 있을 때 현명하게 처리하고, 재산 증식은 아예 꿈도 꾸지 말아야 한다.

자손에 너무 집착하지 말고, 사랑과 애정으로만 품어야 한다.
남을 도와줄 수 있으면 기꺼이 즐겁게 하고,
종교를 가지면 삶에 평안을 얻는다.

근심과 걱정은 무조건 묻어 버린다.
인간관계는 가급적 부딪치지 말고,
양보할 것은 아예 미련을 두지 않는다.

욕심도 내려놓고, 고집도 거두어야 한다.

노년은 마땅히 갈 곳도 없다.

노인정? 공원? 지하철? 복지관? 자손? 친척? 친구? 향우? 동창?
옛 직장 동료?

모두가 어정쩡하다.

꼭이 만날 사람도 없다.

정 붙일 데도 없다.

외로움을 안고 하루하루가 여삼추다.

'딱한 노년들이여, 오래 살겠다고 연연하지 말지어다.'

나의 절절한 독백이다.

삶의 보석

여성들은 대체로 보석에 관심이 많다.

보석 중에서도 다이아몬드가 단연 으뜸이다.

아름다움과 귀태의 상징인 보석은 특히 결혼 예물로 단골 메뉴다. 보석은 클수록 값어치가 있어 부러움을 사기도 한다.

하지만 아무리 값진 보석이라도 큰 것만으로는 가치가 없다. 잘 다듬어져 빛이 찬란해야 한다.

누구나 세상을 살면서 크고 많은 것에 마음을 품는다.

재물이 풍족하고, 권세가 당당하면 삶에 쾌감을 느낀다. 뭇사람의 부러움도 받는다.

때로는 치열한 삶의 다짐에 목표가 되기도 한다.

최선을 다하는데도 원하는 삶이 이루어지지 않는 경우도 있다. 그럴 때면 가진 자를 인정하고 존중하기보다 시샘하고 반감을 갖는다. 공연히 트집을 잡고 비난을 퍼붓는다. 내가 갖지 못한 보석에 심보가 고약하다.

삶의 행복은, 큰 것을 한꺼번에 욕심내기보다 작은 것을 하나하나 이루면서 소중하게 갖는 것이 보람은 더 묻어온다.

젊을 때의 삶은 큰 것에 목표를 두고 모든 에너지를 쏟는다. 경제적인 풍족함도, 사회적인 지위도 내가 최고이기를 바라고 도전한다.

세상을 살다 보면 큰 것에만 너무 집착할 필요가 없다는 것을 터득하게 된다. 온갖 노력으로 하나씩 이루어지는 사소한 즐거움이 삶의 보람이고 행복이다.

현재의 자기 처지를 인정하고 받아들이면 그 속에 작은 보석이 숨겨져 있다.
설령 지난 세월에 떵떵거렸더라도 그때는 그때고, 지금은 지금이다. 과거에 매달릴수록 삶은 지친다.

언제인가 모임에서 한 분이 자기 집 앞 지하철역(9호선 구반포역) 가림막에 적힌 시가 오늘을 사는 세상 사람들에게 따끔한 일침이 되는 것 같았다고 해서, 그 시(시제 '한때는 나도' 김지영)를 찾아가 본 적이 있다.

'한때는 바위였다고 얘기하지 마라 / 지금 돌멩이면 돌멩이로 사는 거다 / 한때는 돌멩이였다고 말하지 마라 / 지금 자갈이면 자갈로 사는 거다 / 한때는 자갈이었다고 애써 말하지 마라 / 지금 모래알이면 모래알로 사는 거다 / 한때 무엇이었다고 생각도 하지 마라 / 한때는 나도…'

이 시를 알려 준 분도 한때는 쩡쩡했다. 그런데도 지금은 지하철 이용 마니아에다, 옛 친구를 만나 추억의 맛집을 찾아다니고, 2천 원 관람료로 지난 세월의 명화 감상을 즐기는 소탈한 생활을 만족해한다. 그 진정성이 주변 사람들에게 잔잔한 감동을 준다.

여유가 되지 않으면서, 잘나가는 사람들을 흉내 내는 삶을 흔히 본다. 분수에 맞는 자기 삶을 살아야지, 지금의 처지를 외면하는 삶은 스스로를 피곤하게 하는 못난 짓이다.

화려하고 융성한 것에 대한 미련도, 특정한 인간에 대한 원망과 미움도, 모두 나를 옭아매는 밧줄이다.

가슴을 후벼 파는 근심에서도 벗어나야 한다. 근심은 스트레스와 동반자다. 근심한다고 해결되지도 않는다. 나쁜 스트레스는 만병의 씨앗이다.

시시로 엇갈리는 마음은 인간의 본성이다.
부정하는 마음을 멀리하고 긍정하는 마음을 가까이하면 세상은 밝아 보인다. 매사에 여유를 가지고 사소한 것에도 만족을 한다면 행복은 항상 내 곁에 있다.

살면서 고집도 버려야 한다. 지나친 자기 주장은 편견일 수도 있고, 상대와 주위를 긴장시킨다.
자기 스스로도 올가미에 매인다.
세상일이 뜻대로 되지 않는다고 불평을 하면 가슴에 상처만 남는다. 부질없는 탐욕을 멀리하고, 자신만의 정리된 삶을 사는 것이 자기만의 멋진 보석을 간직하는 지혜다.

막상 살다 보면 삶의 보석이 보이지 않는다.
지나고 난 후에야 '살면서 내가 왜 엉뚱한 길로 왔지?' 하고 후회를 한다.
후회를 자주 하다 보면 삶의 보석이 보인다.

이제 고향은 전설

　명절 때마다 고속도로는 고향 찾아가는 사람들의 차가 온 도로를 메운다. 대중교통은 역마다 북새통이다. 모두가 고향에 있는 부모와 친인척을 만나고, 제사와 성묘를 치르러 간다. 명절이면 흩어진 가족이 모두 만나서 그동안 쌓였던 이야기와 웃음보따리가 정답게 펼쳐진다.

　고향은 조상 대대로 살아온 생활 터전이라 삶의 애환이 점점이 묻어 있다. 시골이면 더 정답다.

　내가 태어나 자란 고향은 이런저런 추억들이 지금도 가슴에 스민다.

　연날리기, 팽이치기. 자치기. 구슬치기. 제기차기, 버들피리 불기,

논두렁 메뚜기 잡기, 정월 보름 달집 짓고 불 지르기, 개울물에 멱 감기, 늦은 밤 꾸벅꾸벅 졸면서 할머니의 옛날이야기 듣기, 어디 이뿐이랴.

고향은 어머니의 품속과 같은 편안함이 배어 있다.

그런 고향이 지금은 사라졌다.

지금은 출생이 거의 병원이어서 고향이라는 말이 어색하다.

가끔 고향을 찾으면 어릴 적 풍경은 어디에도 찾아볼 수가 없다.

마을에 초가집은커녕 시멘트 건물로 범벅이 되고, 여기저기에 아파트가 들어차서 옛 시골 모습은 사라졌다.

골목길도 포장이 되고, 길가로는 온갖 상점들이 즐비하다. 들녘 한가운데로 고속도로와 철로가 가로질렀다.

이곳저곳에 수백 개의 크고 작은 공장들이 즐비하고, 산언저리에는 골프장이 들어섰다.

내 어릴 적 고향은 가히 천지개벽이 되어 있었다.

이제 고향은 낯설고, 추억은 파묻혔다.

가슴에 묻어 두고 그리워만 해야겠다.

왠지 마음이 허전하고 쓸쓸함이 안겨 왔다.

고향 하면 생각나는 노래들이 줄줄이 가슴에 와 안긴다.

'고향에 찾아와도 그리던 고향은 아니로다…'

'뜸북뜸북 뜸북새 논에서 울고…'

'봄이 오면 산에 들에 진달래 피네…'

'뒷동산 아지랑이 할미꽃 피면…'

'내 놀던 옛 동산에 오늘 와 다시 서니…'

'보리밭 사잇길로 걸어가면…'

언제 불러도 정답다.

고향을 그리는 노래들이라 고향을 떠나 있어 더없이 애착이 절절하다.

옛날에는 길 가다 낯선 사람을 만나면 자연스레 고향을 묻곤 했다. 서로 간에 태어난 도가 같으면, 군을 묻고, 군이 같으면 면을, 면이 같으면 동네를 따진다.

지역이 좁아지면 친밀감은 점점 찰지다.

초면이지만 십년지기를 만난 듯 스스럼없이 이야기꽃이 만발한다.

지나간 이야기다.

60년대 경남 00군은 내륙의 산간 오지였다. 지역은 넓고 개발이 되지 않아 생활 여건이 불편하고 가난의 상징처럼 여겨져, 외지에 가서 고향을 물으면 어벌쩡하면서 난처해하는 모습을 보였다.

그러다 그 고장 출신이 대통령이 되자 누가 묻기도 전에 '내 고향이 00이오.' 하면서 으쓱해하는 촌극도 심심찮았다.

지금도 자기 고향에 고관대작이나 재벌이 나면 은근히 자랑을 삼는다. 고향에 대한 끈끈한 연고와 그리움이다.

때로는 지나친 애향심으로 인사 특혜, 이권 특혜, 지역개발 특혜가 세상을 시끄럽게 하여 고향의 참맛을 씁쓸하게 하는 경우도 종종 본다.

고향을 사랑하고, 그리워하는 간절한 마음이 언제까지 이어질지는 모르지만, 아직도 명절 때마다 귀성객이 온통 길을 메우는 것을 보면 사라져 가는 고향에 대한 애틋한 정이 살갑다.

'나의 살던 고향은 꽃 피는 산골 / 복숭아꽃 살구꽃 아기진달래 / 울긋불긋 꽃 대궐 차리인 동네 / 그 속에서 살던 때가 그립습니다 // 꽃동네 새 동네 나의 옛 고향 / 파란 들 남쪽에서 바람이 불면 / 냇가에 수양버들 춤추는 동네 / 그 속에서 놀던 때가 그립습니다.

나는 '고향의 봄(이원수 작사, 홍난파 작곡)' 노래가 짜릿한 느낌으로 안겨 오는데 내 후손들은 같은 정감이 묻어날지 안쓰럽다.
그 애들이 태어난 곳은 병원이니까.

내가 태어나 자라면서 온갖 추억들이 묻어 있는 곳, 조상 대대로 삶의 흔적이 배어 있는 곳이 지금에야 있기는 하나.

순수한 자연과 더불어 인정이 녹아 있던 시골 풍경은 산업화와 도시화에 밀려 모두가 사라져 버렸다.

젊은이들은 더 좋은 삶을 위해 도시로 떠났다.

이제 고향을 그리워하는 마음은 한 세대가 지나면 영영 사라져 버리고, 사전에서나 찾아볼 수 있는 덤덤한 단어일 뿐이리라.

'얘들아, 너희들이 부모가 고향을 그리는 절절한 마음을 알기나 하랴.'

인연이 뭐길래

삶은 인연의 끈이다.

사람은 나면서 죽을 때까지
만남에서 살다가 삶을 끝낸다.

온갖 사람도, 다양한 문화도, 독실한 신앙도,
취미도, 자연의 경이로움도 만남이다.
사는 동안 세상 살아가는 일과도 만난다.

만남은 모두가 인연이다.
좋은 만남도, 싫은 만남도 인연이다.
보는 것도 인연이고, 느끼는 것도 인연이다.
사연이 있어서도, 우연찮게도, 만나고 또 만나다 보면, 이런저런 삶의 흔적이 엮이고 쌓인다.

인연을 만나다보면
그 안에
생로병사, 희로애락, 길흉화복이 담겨 있다.
우리네 삶의 전부다.

좋은 인연 만나면 기쁨이 온몸에 번지고,
인연 다해 떠나면 서러운 마음 주체를 못한다.

나쁜 인연 모질게 찾아들면 지긋지긋 몸서리친다.

좋은 만남이라고 웃음 짓고,
나쁜 만남이라고 슬퍼할 일만은 아니다.

인연 다하면 마음은 닫히고,
영혼도 살며시 흔적을 감춘다.

사는 동안
온갖 인연
욕심낸다고 내 편만은 아니다.

60년을 살든, 100년을 살든
이런저런 인연 속에
웃고, 울다
쓸쓸히 세상을 떠나는 걸.

모두가
내 팔자고, 내 분수다.
오고, 가는 인연들에 번지는
웃음도, 슬픔도
고이 안아야

세상은 꽃길이다.

세상을 보는 눈

가족, 친구, 이웃, 세상을 보는 눈,
모두가 내 눈 수준이다.

마음에 차면 칭찬 범벅이고,
그게 아니면 씹고 뱉는다.
때때로, 미친 듯이 흥분도 하고, 적개심을 품기도 한다.

사람들을 만나거나 모임에 가 보면
자식, 마누라, 부모 이야기
친구, 지인, 유명 인사 이야기
정치, 경제, 교육 이야기

칭찬은 저만치 밀치고,

사실도 거짓인 양,
거짓도 사실인 양
정신 나간 듯 읊어 댄다.

세상의 이치는
상대방을 인정하고, 이해하고, 배려하는 것이
참인간의 길인데

'맞아.' 하면서도, 묵은 행실을 버리지 못하고,
막상 사사건건 부딪치면,
내 눈 높이로 시끌벅적하다.

치고받으면서도
'나는 정상'이고
'당신이 문제'라고 종종거린다.

기분 좋으면 눈가에 온기가 돌고,
기분 언짢으면 온몸에 찬기가 서린다.

'당신 때문에, 당신이 있어 행복합니다.'
이 말이 삶의 올곧은 지혜인데,
어쩌면 좋아.

아름다운 삶

바쁘게 살면서 간혹
'왜 사는지?'
'어떻게 사는 것이 잘 사는 것인지?'를 생각할 때가 있다.
　세상에 엮이어 살면서 일에 시달리고, 사람에 치이다 보면 어느
덧 세월이 흘러 삶이 덧없음을 허탈해하기도 한다.

　제 나름대로 성공을 위해서 목표를 정하고 별의별 방법을 가리
지 않고 열심히 살아간다.
　대체로 젊을 때는 성공과 행복의 기준은 돈, 권력, 명예로 모아
진다. 나이가 들면 건강과 안정에 무게를 옮긴다.

　성공한다고 행복이 반드시 따라붙는 것은 아니다.
　성공 뒤에는 수많은 고난과 아픔이 숨겨져 있기 마련이다. 세상

의 이치는 한편이 좋으면 그 반대의 나쁜 하나가 따라붙는다.

분에 넘치는 성공은 추락이 기다리기도 한다.
성공한 사람들의 면면을 살피면 딱하고 처량한 경우를 흔하게 본다.
통치권자, 대재벌의 총수, 경력이 화려한 정치인, 대중의 사랑을 한 몸에 모았던 예능인, 고위 공직자들의 과욕에 따른 허망한 삶에 연민의 마음을 가진 적이 한두 번이 아니다.

사람은 누구나 행복하기를 바란다.
행복의 잣대는 천차만별이다.
수단과 방법을 가리지 않고 분수를 모르고 끝없이 추구하다가는 급기야 추락한다.

행복은 마음이 흡족한 한순간의 느낌이다.
가진 것이 풍족해도 마음이 혼란스러우면 우울하다.
설령 가진 것이 보잘것없어도 마음이 편안하고 즐거우면 그게 바로 행복이다.

길을 가다 보면 울퉁불퉁하고 오르락내리락하듯이 인생길도 편안한 길만 있는 것은 아니다. 욕심을 낸다고 자기에게만 편안한 길이 나서는 것도 아니다.

작은 것에도 감사하면서 열심히 살다 보면 바른 삶의 문이 열리고, 그 안으로 들어서면 행복의 여신이 미소를 머금고 반갑게 기다리고 있다.

부귀도, 영화도 세월이 지나고 보면 별것 아니다.

잘살기 위해 몸부림치다 찌든 때가 온몸에 덕지덕지 붙어 있고, 지친 몸과 마음은 윤기와 탄력을 잃고 진이 빠져 있게 마련이다.

어딘가 도피해서 진정한 자기의 정체성을 찾고 청정한 삶을 누리고 싶은 진한 마음이 찾아들 때가 있다.

한 번쯤 바른 삶을 살고 싶은 진정성에 빠져들 때, 삶의 의미는 참 아름답다.

바른 삶은 바로 행복의 문을 열어 주는 열쇠다.

살아오면서 체험하고 느껴 본 아름다운 삶의 모습들이 지금도 여기저기서 나를 채근한다.

진정으로 상대를 좋아하는 삶이 아름답다.

서운해도 상대를 이해하는 삶이 아름답다.

불편을 마다 않고 상대를 도와주는 삶이 아름답다.

손해를 보아도 양보하는 삶이 아름답다.

나만 아는 이기심을 버리는 삶이 아름답다.

결과가 나쁠 때 원인을 나한테서 찾는 삶이 아름답다.

돈에 너무 집착하지 않는 삶이 아름답다.
물건도, 돈도 써야 할 때 쓸 줄 아는 삶이 아름답다.
매사에 나보다 남을 먼저 챙기는 삶이 아름답다.
예절이 바른 삶이 아름답다.
흥청망청 쓰기보다 아끼고 절약하는 삶이 아름답다.
사치보다 멋스러운 삶이 아름답다.

법이나 규칙의 권위를 인정하고 질서를 지키는 삶이 아름답다.
자기 발전을 위해서 부단히 노력하는 삶이 아름답다.
가족을 챙기고, 이웃을 사랑하는 삶이 아름답다.
맡은 일에 온 힘을 다하는 삶이 아름답다.
의심하기보다 긍정하는 삶이 아름답다.
매사에 비협조보다 동참하는 삶이 아름답다.
취미를 가지고 마음껏 즐기는 삶이 아름답다.

목표를 가지고 꾸준히 노력하는 삶이 아름답다.
매사에 비아냥거리기보다 감동하는 삶이 아름답다.
대인관계에서 '당신 먼저.' 하는 삶이 아름답다.
'감사합니다.'라는 말을 많이 쓰는 삶이 아름답다.
자연을 사랑하고 가까이하는 삶이 아름답다.
음악을 즐겨 듣고, 시를 애송하는 삶이 아름답다.
책을 가까이하고, 세상을 이해하는 삶이 아름답다.

마음속 깊은 사랑을 주고받을 수 있는 삶이 아름답다.

부질없는 욕망에 눈이 멀면 욕된 삶이 도사리고, 아름다운 삶에 눈을 뜨면 맑은 행복이 찾아든다.

아름다운 모습으로 행동하는 삶이 참 잘 사는 지혜다.

평생을 행복하게 살 수만은 없지만, 삶의 신선한 충격을 받기 위해 나는 아름다운 삶의 지혜를 수시로 챙겨 본다.

행복 바구니

살다 보면
때로는 군색하기도,
때로는 불만스럽기도,
때로는 유감스럽기도 할 때가 많다.
좋은 것은 잠깐이고,
아쉬움은 마음에 오래 머문다.
모두가 삶에 아쉬움이 밴 욕심 때문이다.

살면서 세상에 집착하는 것 만큼 피곤한 것은 없다.
설사 아름다운 추억이라도 지난 일에 매달리는 것은 바보 같은
짓이다. 애만 타고 마음만 상할 뿐이다.

누구나 살아오면서 좋은 인연도 있었고, 잊고 싶지 않은 사연들

이 있게 마련이다. 진한 추억은 오래 간직하고 싶고, 사정이 바뀌어도 가슴에 깊이 새겨진다.

'한때는 누구라 하면 모르는 사람이 없었는데'
'한때는 부자가 눈 아래로 보였는데'
'한때는 세상 사람들의 우상이었는데'
'한때는 뭇사람들의 관심 대상이었는데'
'한때는 나는 새도 떨어트렸는데'
'한때는 나도 잘나갔는데' 하는 사람일수록 과거에 자기를 가둔다.
만나면 지난날 자기 자랑이고, 자기를 몰라주면 은근히 서운해하기도 한다.

사람이 살아가면서 화려한 시절의 미련을 떨치지 못하면 추하게 보인다.
보기가 안타깝고 민망스러울 때가 있다.

인생은 끊임없는 자기 수양이 있어야 인품에 빛이 난다. 기세 좋던 한때의 미련을 버리지 못하고 연연하는 모습은 남은 자기의 삶을 녹슬게 하고 어둡게 한다.
밝은 세상을 보지 못하고 항상 잿빛 세상에서 허우적거린다.

미련未練은 미련해서 온다.

지금 내 손안에 없으면 내 것이 아니다.

살면서 아쉬움이 많더라도 모두 내려놓고 가슴에 묻어야 한다.

인연人緣은 인연因緣으로 받아들여야 한다.

만남도 어쩔 수 없고, 헤어짐도 어쩔 수 없다.

인연이 되어 만났고, 인연이 다하여 떠나갔다.

인연에 얽매이면 바보가 된다.

좋았던 것은 내 마음속으로만 소중하게 간직하고, 나빴던 것은 덮어 버려야 한다.

현재를 인정하고 받아들이는 삶이 나를 위하는 길이다. 쓸데없는 고집에 나를 묶는 것은 나를 추락시키는 가장 어리석은 짓이다.

세월은 누구도 기다려 주지 않는다.

좋았던 시절을 잊지 않는다고 세월이 멈추어 주지도 않는다.

과거에 나를 가두면 하루하루가 지옥이다.

집착이 나를 고문으로 이끈다.

좋은 과거는 추억이고, 나쁜 과거는 상처일 뿐이다.

현재에, 오늘에, 지금에, 이 시간에 최선을 다하고 열심히 사는 것이 행복을 담아 주는 바구니다.

산바람 우정

'이번 주 산행은 김유정 문학촌이 있는 금병산입니다. 10시 30분까지 상봉역 3층에서 만나요.'

총무가 보낸 카톡이다.

마침 그날이 '김유정 서거 80주기 추모제'가 있어 금상첨화라는 덧붙임도 있었다.

모임 산행을 시작한 때가 1999년이었으니 벌써 20년이다. 같은 직장에서 퇴임하고 이런저런 인연이 닿아서 띄엄띄엄 산행을 하다가 정기적인 산행을 하기로 했다.

과천에 있는 청계산을 매주 목요일에 산행하기로 하고, 모임을 '청목회'로 정했다. 처음에는 13명이다가 이런 저런사정으로 지금은 7명으로 오순도순하다.

청계산에서 5년여 이 길 저 길을 다니다 산바람기가 도져 이 산 저 산을 가 보기로 하고, 산행 요일도 수요일로 바꿨다.

매주 월요일 아침 총무가 카톡으로 산행지 메시지를 띄운다.

지금까지 1000번이 넘게 산행을 한 셈이다.

계절에 관계없이 '비가 오나 눈이 오나' 꾸준히 계속하고 있다.

5, 60대에 시작한 만남이 지금은 7, 80대가 되니 만날 적마다 세월의 빠름을 한탄함인지 감탄함인지 '하하' '허허' 하면서 산속에 담소가 번진다.

꾸준한 산행 덕인지 모두가 큰 병 없이 밝은 모습이 대견하다.

이제는 수요일이 기다려진다.

산행으로 이어진 끈끈한 정은 더없이 편하고 즐거워, 서로가 웬만한 약속은 다른 날로 잡는다.

서울을 에워싼 산들은 정말 멋지다,

청계산(618.2m)을 비롯하여 관악산(629.1m), 삼성산(455m), 북한산(799.5m), 도봉산(730m), 수락산(637.7m), 불암산(508m), 용마산(348m), 아차산(316m), 일자산(104.9m), 인릉산(326.5m), 서울시계 안으로는 낙산(125m), 안산(295.9m), 인왕산(338.2m), 북악산(342.4m), 주안산(114.1m), 배봉산(105.7m), 봉화산(137.9m), 우면산(293m), 구룡산(283.2m), 대모산(293m)이 아기자기하다.

서울 한복판의 남산(목멱산 262m)은 한국을 관광하는 외국인들도 즐겨 찾는 명소다.

이 산들은 전국 여느 산의 특징을 다 안고 있다.
육산, 바위산, 암벽 산, 숲길, 둘레길, 어느 것 하나 나무랄 데가
없다. 이들 산을 수없이 넘나들었다.
하루 산행으로 인천, 경기, 강원의 산들도 많이 찾아다녔다. 공
원 길, 성곽 길, 하천 길, 강변길도 걸었다.

산은 달마다, 날마다, 시시로 조화를 부린다.
봄이면 온갖 꽃들이 요염하고, 여름이면 무성한 녹색 잎들이 온
산야를 뒤덮는다. 가을이면 색색의 단풍들이 자수 놓기 경쟁이나
하듯 판을 펼친다. 겨울철이면 앙상한 가지들이 생명을 품은 채,
때로는 눈을 덮어쓰고 추위에 죽은 듯 고요하다.

산행 초기에는 서로 간에 체면을 지키느라 언행이 어정쩡했는
데, 세월을 지나면서 우정은 더 진하게 깊어졌다.

하루 산행 네 댓 시간 동안 산천에 안겨 꽃과 풀, 나무, 숲, 바위,
산새, 산짐승, 첩첩 산 릉선, 하늘과 구름에 우정을 더하면서 마음
과 몸은 자연과 함께 둥둥 떠다니는 기분이다.

산행 때마다 간식거리도 웃음꽃이다.

삶은 계란을 정성스레 포장해서 오는 멋쟁이, 찐 고구마를 하얀 포장지에 싸서 나누어 주는 점잖은 신사, 쫀득쫀득한 떡을 가져오는 부지런하고 세심한 만년 총무, 맛깔스런 쿠키를 챙겨 오는 말수가 적은 충청도 양반, 사돈이 보내 준 과일을 깎아 주는 자상한 경상도 사나이, 마님이 손수 끓인 커피에 비스킷을 곁들여 오는 친화력의 대부인 회장, 모두가 한결같다.

십 년이면 강산도 변한다는데 청목산행 팀은 이십 년이 지나도 정해진 메뉴는 바뀌지 않아 이 또한 두터운 우정에 맛이 한결 더 진하다.

간식을 먹으면서 온갖 짓궂은 농담이 건네져도 그저 너스레 웃음판이다.

회장은 매번 산행을 끝내고 그날의 산행을 글로 담아 회원들과 주변 친지들에게 이메일로 보내 주어 안부를 전한다. 글 횟수가 쌓이면서 '遊山樂易'로 두 권의 산문집을 출간하여 끈끈한 우정을 추억으로 소복이 담았다.

매주 수요일이 기다려진다.

만나서 그저 반갑고, 그날 산행에 빠지면 혹시 무슨 일이 생겼는지 걱정도 되고, 오늘은 어느 코스로 할 것인지 의견이 분분해도 그냥 즐겁다.

산행이 끝나면 부근의 대중식당을 찾아 막걸리 한잔에 늦은 점심을 하면서 세상 돌아가는 온갖 이야기에 열을 올리는 것도 빠지지 않는 우정 메뉴이다.

가끔은 산행을 한 뒤에 산행 복장으로 영화관이나 여러 전시장을 찾기도 한다.
얼마 전부터는 책 돌려 읽기도 시작했다.
읽혀 보이고 싶은 책을 그날 배낭에 넣어 와서 서로 돌려 보고 책갈피에 짧은 독후감을 쓰도록 했다.
이제 산행에 문화감성도 곁들여져 한결 여유로움이 우정을 더 진하게 해 주어 갈수록 정감이 새록새록하다.

'청목회淸木會'는 청계산 목요일 산행을 벗어나, 늘 푸르고 젊은 나무로 다시 태어난 '청목靑木' 산행 모임으로 어디든 싱싱한 우정 산행이 오래오래 이어지기를 마음에 담아 본다.

산은 늘그막에 누리는 더없는 안식처다.

행복할 권리

오랜만에 한 친구를 만났는데 어깨가 축 처졌다.

"무슨 일이 있느냐?"고 했더니, "별일 없다."면서 "세상이 귀찮아졌다."고 한숨을 내쉬었다.

그러면서 "나는 왜 이렇게도 불행하지?" 하면서 혼잣말처럼 비껴갔다.

분위기가 썰렁해서 우스갯소리로 긴장을 풀고는 "왜 불행하냐?"고 넌지시 물었다.

마누라가 아침저녁 잔소리로 속을 뒤집고, 아들과 딸이 30을 훨씬 넘겼는데 장가도 시집도 갈 생각을 않고 속을 썩인다고 하면서, 무슨 재미로 사는지 세상이 딱 싫다고 했다.

"여보게, 자네만 그런 게 아니야.

세상을 재미로 사는 것만은 아니라네.

세상이 바뀌었어요.

여필종부女必從夫는 옛날이야기야.

여존남비女尊男卑 시대지.

이제 가정에서는 마누라가수요일로 바뀠다.상전이야.

자식도 내 품 안에 있을 때 자식이지, 품 안을 벗어나면 사돈 팔
촌이라 하지 않나."

"그래도 그렇지. 가족이 제일인데 가정이 썰렁하니 사는 재미가
없어."

"그래서 불행하다고?"

행복은 자기만족이다.

행복은 내 마음의 느낌이고 거울이다.

행복은 지금 이 순간이다.

마음이 편하고 즐거우면, 그게 바로 행복이다.

지나간 행복은 이미 끝나 버렸고, 내일의 행복은 단지 희망일 뿐
이다.

행복은 누구의 간섭이나 선물도 아니다.

내가 선택하고, 내가 결정한다.

행복은 바로 내 곁에서 숨 쉬고 있다.

누구나 행복을 차지할 권리는 있어도, 포기할 권리는 없다. 자신을 사랑해야 행복이 찾아온다. 내가 우울하면 행복은 저만치 자꾸만 도망을 간다.

행복은 욕심이 아니다.

탐을 낸다고 얻어지는 것도 아니다.

적은 것에도 감사함을 담고 만족하면 그게 행복이다.

오늘, 현재, 지금, 이 시간만 내가 존재한다.

어제는 흔적이고, 내일은 기대이다.

내가 없으면 세상도 없다.

행복하니 내가 있는 것이 아니라, 내가 있어야 행복도 있다.

지금의 내 마음을 잘 다스려야 행복이 찾아온다.

행복은 이해타산으로 계산이 될 수 없다.

행복은 최선을 다하고, 결과를 인정해야 한다.

마음이 상하면 세상은 지옥이다.

마음이 편해야 행복은 채워진다.

누구를 원망하면 내 마음이 상한다.

용서가 나를 구한다.

지나친 욕심이 나를 망친다.

삶이 행복하려면 어떤 상황도 이해하고 받아들여야 한다. 내 사정만 내세우고 상대를 거부하면 행복은 비집고 들 틈이 없다.
현재의 처지를 한숨만 쉬고 비관만 하면, 행복은 돌아서 버린다.
이기심도 버려야 한다.
내 이익만 내세우면 내가 나를 속박하는 감옥일 뿐이다. 아무도 열어 주지 않는다. 나를 양보하고, 마음의 문을 활짝 열기만 해도 행복의 여신은 찾아온다.

현재 나에게 주어진 처지를 좋든 싫든 품어 안으면 행복은 웃으면서 나를 반겨 준다.
행복은 누가 만들어 주거나 가져다주는 것이 아니고, 내가 느끼는 나의 소중한 권리다.

세상이 온통 새로운 변화에 휘몰리고 있는데 - 마누라도, 자식도 - 나 혼자 허둥댄다고 뾰족한 수가 있는 것도 아니다.

내 마음 다잡고 편하게 살면 그게 행복의 천국이다.

"친구야, 힘내라."

관태기

아침 신문(2017. 12. 21. 00일보)을 읽다가 '관태기'라는 기사가 눈에 띄어, 찬찬히 읽어 보았다.

'관계'와 '권태기'를 합성한 신조어로, 젊은이들이 인맥을 관리하고 새로운 사람과 관계를 맺는데 싫증이나 피곤함을 느끼는 사회 현상이라고 풀었다.

요즘 젊은이들이 '나홀로족'이 늘고 취업난에 기가 죽어 있는데, 주변의 관심이 성가시어 부모, 친지, 이웃, 동창, 동향, 동아리 모임이 불편하고 만남을 피하는 사회 분위기가 예사롭지 않단다.

'언제 장가 갈 거냐?'
'아직도 시집 안 갔어?'
'사귀는 사람은 있나?'

'취직은 했나?'
'부모님은 속상해하지 않나?'

같은 말을 자주 듣다 보면 무슨 약점이나 되는 듯 사람 만나기가 싫어지게 마련이다.
가족의 만남, 길흉사, 각종 모임, 집들이, 돌잔치, 송년회 가기가 귀찮아 관계가 멀어진다.
관태기關怠期라는 신조어가 생길 만하다.

한때 공직자들의 지나친 횡포를 풍자한 '관피아'라는 말이 떠오르면서 피식 웃음이 났다.

세월은 세상을 변하게 한다.
생각도, 생활도, 말도, 문화도 변화의 소용돌이 속에서 몸살을 앓고 있다.
컴퓨터와 스마트폰도 톡톡히 한몫을 한다.

'기러기 아빠, 금수저, 흙수저, 홀로족, 혼술족, 혼졸, 웰빙족, 아침형 인간, 떴다방, 방콕.'
세월 따라 그때의 세상 분위기를 꼭 집어내는 신조어들이 사람들의 호기심을 자극한다.

관태기는 나이 들어서도 찾아든다.

직장을 그만두고 새로운 환경에 여기저기 부딪히다 보면, 사람을 만나는 것이 귀찮고 두렵기조차 하다.

'새로운 일자리는?'

'소일은 어떻게?'

'마누라와 사이는?'

'속 썩이는 자식은?'

'어디 아픈 데는?'

세상일에 바쁠 때는 듣지 못한 말들이다.

그저 일에 파묻혀 열심히 살다, 이제 자유로운 내 세상인 듯했는데 부딪치는 일마다, 만나는 사람마다 어색해진다.

주변 사람들을 만나 보면 너 나 할 것 없이 삶에 의욕을 잃고 맹하다. 무슨 불평불만이 그리도 많은지 짜증투성이다. 가까운 사람끼리 만나면 서로 간에 훈훈한 정이 넘쳐야 하는데 불편하기만 하다.

관계 유지가 멀어지면 삶이 삭막해진다.

눈으로 마주치고, 인정을 나누고, 만남이 반갑고, 서로가 따뜻한 관심을 가져야 삶이 즐거울 텐데 그러지를 못하니 친밀한 사이가 멀어질 수밖에 없다.

안타까운 일이다.

삶이 팍팍하다.

오늘을 사는 우리들의 아픔이다.

나도 관태기에 몸살을 앓고 있나 보다.

천수로 가는 길

세상이 좋아져서 60-70대가 인생의 황금기라고들 야단이다.

어쩌다 드물게 장수하는 사람이 있으면 자기 수명을 거기다 짜 맞춘다.

노년 인구가 점점 많아져서 나라의 미래가 암담하다는데, 지금 젊은이들은 '출산파업'이라고 세상이 시끄럽다.

어느 장단에 춤을 추어야 할지 어리둥절하다.

요즘 사람들은, 영양 부족에다 일 년 내내 농사일에 지쳐 제명을 못 살던 시절은 알지 못한 채, 잘 먹고 잘사는 세월 만나 천수天壽 (120세)를 찾아가는데 온통 시끌벅적하다.

오래 사는 것이 중요한 게 아니다.

병들지 않고 오래 살아야지, 병들어 오래 살면 세상은 지옥이다.

모처럼 좋은 시절 만나 천수를 찾아가는데 덩달아 욕심을 부리거나 방심을 하다가 몹쓸 병도 들고 급사하는 경우도 많다. 교통사고, 의료사고, 화재사고, 안전사고로 목숨을 잃기도 한다.

죽을 사람은 죽게 되어 있다.

어떻게 죽느냐는 그 누구도 모른다. 알지를 못하니 공연한 욕심을 부린다.

주변 사람을 보면 오래 살겠다고 욕심을 끌어안고, 온갖 것 다 챙기고, 별짓 다 하다가 제풀에 넘어진다.

사람이 다 다르듯이 죽음도 다 다르다.

언제쯤 어떻게 죽느냐는 이미 정해져 있다.

자기가 모를 뿐이다.

그런데도 목숨에 끈질긴 집착을 가진 인간들이다.

어느 명사들 모임에서 중견 성직자가 '지금 사는 세상보다 몇십 배 더 좋은 천국에 당장 보내 줄 테니 희망자는 나오라.'고 했더니 아무도 나서지 않더라는 쓸쓸한 이야기도 있다.

장수와 건강을 위해 노력하는 만큼은 도움이 된다.

자기 몸에 맞게 음식 종류와 섭취량, 건강식품, 운동량, 생활습관, 수면시간, 생활환경, 대인관계, 휴식, 정서관리를 해야 한다.

교과서적인 기준은 있어도 어떻게, 얼마만큼, 어느 정도인지는 자기 맞춤이어야 한다.

의사의 진단이나 약사의 처방도 개개인의 신체조건보다 그 병의 상태에 기준을 둔다. 몸에 이로운 것도 해로운 것도 교과서적인 기준일 뿐이다.

가급적 많이 움직이고, 균형 잡힌 식사를 하고, 충분한 휴식을 취하고, 원만한 대인관계를 유지하면서 봉사와 기부로 베풀면서 사는 것이 무병장수의 지혜라고 널리 알려져 있다.

사람마다 체질이 다르고 적성이 다르다.

모든 생명체는 자생능력을 가지고 있다.

필요한 것은 취하고, 필요가 없는 것은 거부한다.

무리하지만 않으면 스스로 자기를 보호하는 본능이 있다.

우리 몸의 생체리듬은 영양이 필요하면 먹이를, 피곤하면 휴식을, 몸이 불편하면 자기치유를 한다.

그때마다 먹고 싶고, 마시고 싶은 게 있으면 몸이 요구하는 것이다.

이것저것 가리다 보면 괜한 스트레스에다 필요한 영양분을 섭취하지 못해 오히려 건강을 잃을 수도 있다.

잠이 오면 자고, 쉬고 싶으면 쉬고, 걷거나 뛰다가 힘에 부치면 그만하면 된다.
과식, 과음, 과로만 하지 않고 '내 몸 시키는 대로 하면' 천수는 웃으면서 나에게 다가온다.

비록 좋은 조건에 살고, 최선을 다해도 아파야 하고 죽어야 하는 운명이면 피할 수가 없다.
오래 살겠다고 몸부림치는 그 자체가 과욕이다.

자기의 수명은 누구도 모른다.
욕심낸다고 해결되는 것도 아니다(過慾必敗).
하늘만이 알고 있다(人命在天).

사는 동안 남에게 부담도 피해도 주지 말고, 내 마음 편하게 다스려 건강하게 사는 지혜가 천수로 가는 길이다.

서점 산책

나는 별일이 없으면 보름에 한 번 정도 서점을 들른다. 딱히 살 책이 있어서도 아니다.

서점을 가면 그렇게 마음이 즐거울 수가 없다.

이제는 습관처럼 되어 버렸다.

1950년대 시골인 고향에는 5일마다 장이 섰다. 그날이 되면 속칭 장돌뱅이들이 마차에 상품을 싣고 장터에 와서 펴 놓고 팔다가 저녁때가 되면 돌아간다.

그중에 책장사도 있었다.

장날이면 나는 책 가게의 빠지지 않는 단골이었다.

'이번 장날에는 무슨 책이 내 관심을 끌까?' 기대를 가지고 둘러보다가 한두 권 마음에 닿는 책을 살 때면 기분은 하늘을 난다.

지금 회상하면, 톨스토이의 '부활', 도스토예프스키의 '죄와 벌', 김내성의 '청춘극장', 김소월의 '진달래꽃' 등 주로 문학책이었던 것 같다.

　지금의 내 서점 산책은 그즈음부터 몸에 밴 듯하다.

　요즘 각 분야의 다양한 책들이 서점의 세련된 인테리어와 어울려 진열되고 있는 풍경은 정감이 물씬 풍긴다. 주로 젊은이들이 붐벼 생동감까지 느껴진다.
　군데군데 간이 독서대를 만들어 두고 가벼운 독서를 할 수 있도록 한 배려가 문화공간의 분위기를 풍기기도 한다.
　저마다 편안하게 책 읽는 모습들이 순수해 보여 젊음의 싱그러운 숲 속에 온 느낌이다.
　쌍쌍이 관심 가는 책을 머리 맞대고 속삭이는 모습은 참 아름답기도 하다.

　이제 서점은 단순히 책을 파는 매장이기보다 온갖 분야의 서적들이 전시된 책 공원이다. 편의 시설까지 곁들여져 문화가 숨 쉬는 복합 공간으로 변신을 했다.

　나한테 서점은 멋진 산책 코스다.
　온갖 정보와 지식과 체험이 담긴 책을 챙겨 보는 재미는 책방 산책의 백미다.

　최근에 발간된 다양한 분야의 책을 들춰 보고는 나 혼자 즉석
서평가書評家도 된다.
　읽고 싶은 책을 찾으려 진열대를 이리저리 둘러보다 그래도 보이
지 않으면 책 찾기 안내컴퓨터를 두드린다. '나 여기요.' 하고 눈에 띄
면 반가운 마음이 어린애 같다. 순간의 흐뭇함이 온몸을 감싼다.

　'이거다.' 싶으면 집어서 계산대로 간다.
　그날의 서점 산책의 기쁨이 온몸을 간질인다.
　며칠을 두고 읽는 재미는 어떤 놀이보다 정신을 맑게 해 준다.

　중고서점 산책도 별미다.
　발간된 지가 오래된 책이랑, 읽고 난 책들이 가득하다.
　서가를 살피며 읽고 싶은 책이 발견되면 몇 권이고 한꺼번에 산
다. 책값이 정가에 비해 거의 1/3 정도여서 부담이 덜해 서점 산책
발걸음이 한결 가볍다.

　헌책방 산책은 돌밭에서 수석을 찾는 기분이다.
　마음 붙드는 책과 마주치면, 종일 돌밭을 뒤지다 눈이 번쩍 뜨이
는 수석 한 점 발견한 기분 그대로다.

이제 나에게 서점 산책은 삶의 갈증을 풀어 주는 옹달샘 터다. 시력을 잃을 때까지 이 옹달샘의 유혹에 빠져들 작정이다.

나이 들어, 다양한 분야의 문화를 두루 살펴보고 챙겨 볼 수 있는 소일거리는 서점 산책만 한 것이 또 있을까 싶다.

'요즈음 뭘 하고 지내느냐?'고 물어오면, '서점 산책.'이라 답한다. 그러면, '이야!(?)' 하는 사람도 있다.

칭찬인지 핀잔인지 도무지 종잡을 수가 없지만, 다른 사람에게 피해를 주지 않고 내가 즐거운 게 내 삶의 방식이다.

서점 산책의 유혹은 언제나 물리지 않아서 좋다.

내 오랜 벗 다섯

나한테 오래된 벗 다섯이 있다.

모두가 늘 내 곁에 있다.

손 닿을 곳에서 지루함을 모른 채 항상 나를 기다린다. 언제 찾아도 불평이 없다. 한밤중이나 새벽이라도 나를 도와준다.

이래저래 40년이 넘었다.

그렇게 고마울 수가 없다.

내 손에 만지작거려 손때가 묻고 허름해져도 언제나 다소곳하다. 내가 원하는 것을 잘도 해결해 준다.

라디오, 오디오, 한글사전, 전국 등산 안내 책, 돋보기안경이 내 알뜰한 다섯 벗이다.

라디오는 시시각각 뉴스와 온갖 정보를 눈을 감아도, 캄캄한 데서, 다른 일을 하면서도, 잠자리에 들어서도 듣는다.

알람 대신 라디오 방송이 아침 5시면 나를 깨워 주는 불침번 역할을 해 준다. 방송을 들으면서 신문 읽기, 스트레칭, 주변 정리, 독서가 자유로워 눈을 화면에 집중해야 하는 TV보다 일석이조一石二鳥다.

오디오는 언제나 감미롭고 풍성한 음향을 안겨 준다.

어떤 추억이 회상되거나 혼란스러운 마음을 다스릴 적이면 포근하게 다가온다.

음악 듣기를 즐겨 해, 시간이 한가하면 그때그때 기분에 따라 클래식, 팝송, 대중가요, 가곡, 창을 선곡해서 듣는다. 가슴이 뻥 뚫리면서 기분은 허공을 난다.

낯선 단어나 철자 확인, 용어의 정확성을 챙겨 보는 데 한글사전이 큰 도움을 주면서 지금까지 내 곁을 떠나지 않고 있다.

긴 세월이 묻어 사전이 헐어 빠졌는데도 더욱 정감이 간다. 사전을 뒤질 때마다 미안해서, 사전이 술을 마신다면 아주 근사하게 한턱 쓰고 싶다는 싱거운 생각이 들 때도 있다.

오래전부터 등산을 즐겨 해서 산행정보 책자를 가까이 두고 있다. 처음 가 보는 산 정보가 필요하면 꼼꼼히 살펴본다. 지리가 낯설고 초행이라도 웬만큼 착실한 길잡이를 해 준다.

요즘은 컴퓨터 정보가 넘쳐 나지만 그래도 나한테는 오래 정 붙인 책자가 훨씬 다정하다.

등산 안내 책을 들춰 볼 적마다 고마운 마음이다.

돋보기안경이 그리도 고마울 수가 없다.

바깥출입을 하지 않을 때면 하루 중에 가장 많이 나와 함께한다.

책이나 신문, 잔글씨 읽기에는 필수품이다.

돋보기안경이 하나로는 불편해 다섯 개나 된다. 하나만 있을 때는 안경 찾다가 짜증이 나서 하나씩 보태다 보니 다섯 개가 되어 버렸다. 거실, 방, 화장실, 식당, 외출용, 생활 동선을 따라 하나씩이다.

나와 함께 살고 있는 벗이 다섯이니 언제나 든든하다. 모두가 무생물이니 주장이 없고, 변덕을 부리지 않아 너무 편하다. 내가 하는 대로 따라 준다.

즐거움까지도 안겨 주니 금상첨화錦上添花다.

조선시대 선비 고산孤山 윤선도는 해남 고향에서 자연을 벗하며 '오우가五友歌'를 읊었는데,

'내 벗이 몇이냐 하니 水石과 松竹이라

동산에 달 오르니 그 더욱 반갑구나

두어라 이 다섯밖에 또 더하여 무엇하리'

나는 생활용품을 벗으로 했으니, 자연인과 생활인의 격세지감隔
世之感에 젖는다.

항상 곁에 있는 고마운 다섯 내 친구야,

두고두고 내 마음도 변하지 않을게.

분수를 알면
삶은 낙원이다

'분수도 모르고 까불거린다.'는 말이 한때 유행한 적이 있었다.

자기의 능력이나 수준을 모르면서 함부로 덤비는 사람을 두고 하는 속된 말이다.

사회가 안정되고 차분할 적에는 모두가 분수를 잘 지킨다. 그러다가 세상사에 질서가 무너지고, 힘센 사람이 판을 벌이면 분수라는 말은 흔적조차 없어져 버린다.

지난 세월을 보면 자기 분수도 모르고 덤비고, 치받다 망하는 경우를 수도 없이 보아 왔다.

요즘도 유명인이나 명망가들이 분수 모르고 처신하다가 망신을 당하고, 도중하차하는 모습이 심심찮다.

이왕이면 자기 분수를 알고 차분히 처신하면 찬사와 대우를 받을 터인데 언제나 아쉽다.

　사람의 욕심이 분수를 까뭉갠다.
　가지어도 가지어도, 이루어도 이루어도 만족할 줄 모르는 게 욕심이다. 더 많이, 더 크게 되기를 바란다.
　모두가 마음의 요술이다.

　재산은 더 많이, 명예는 더 크게 가지고자 하는 욕망과 야심이 분수를 밟고 일어선다.

　욕심이 어쩌면 삶의 당김줄이기도 하다.
　그런 욕심이 없다면 개인의 진보나 사회의 발전은 없을지도 모른다.
　치열한 생존 경쟁에서 살아남으려면 더 많이 갖고, 더 크게 번성해야 함은 자연스러운 이치다.

　그러나 욕심이 지나치면 자기도 망하고 주위도 망친다. 팔만대장경에도 '욕심은 많은 고통을 부르는 나팔이다.'라고 했다.
　욕심도 자기 분수에 맞아야 한다.
　'모든 것을 탐내면 모든 것을 잃는다.'는 격언도 있다.

　내 주변에 두 경우가 짚어진다.

내가 아는 한 분은 시골에서 가난이 몸서리치게 싫어 무작정 도시로 나와 무일푼에서 온갖 고생을 견디고, 수전노라고 놀림을 받으면서도 돈을 모으고 재산을 불려 삶의 여유가 생겨 이제는 제대로 사람 구실을 한다고 실토한 적이 있다.

가난 때문에 많이 배우지도 못했고, 가진 것 없이 오로지 근면과 성실로 적당한 부를 이루었으니 천복이라고 했다.

자기 분수를 알고 스스로 만족하니 세상은 낙원일 수밖에 없다.

또, 한 고향 후배는 회사에 말단 직원으로 취업해서 내 회사처럼 알뜰하게 챙기고 실적을 쌓아 승진을 거듭하여 중역이 되었고, 그러자 큰 기업에서 더 좋은 대우를 해 준다는 환영 제의를 받고는 무리한 요구를 하다가 있던 회사에서도 들통이 나서 떨려 났다고 했다.

자기도 무리인 줄 알면서 욕심에 연연하다가 낭패를 보았다고 한탄을 하고 있었다.

자기 분수를 모르고 헛발질을 한 것이다.

세상을 사노라면 별의별 경우를 다 겪는다.

그런다고 내 분수를 모르고 함부로 덤비다가는 큰코다친다.

내 분수를 알고 살면 세상은 언제나 내 편이다.

사랑과 우정

사람이 살면서 사랑과 우정 때문에 웃기도 하고 속상해하기도 한다.

좋은 사랑과 우정은 삶의 활력소이자 보약이지만, 나쁜 사랑과 우정은 삶을 무척 힘들게 한다.

사랑은 그리움이고,
우정은 반가움이다.

사랑은 떨림이고,
우정은 편안이다.

사랑은 긴장이고,
우정은 이완이다.

사랑은 몸으로 통하고,
우정은 대화로 통한다.

사랑은 오해가 오해를 부르고,
우정은 오해도 이해로 돌아선다.

사랑은 내 안에 있고,
우정은 내 곁에 있다.

사랑은 눈으로 오고,
우정은 귀로 온다.

사랑은 눈물을 뿌리고,
우정은 웃음을 뿌린다.

사랑은 복종을 좋아하고,
우정은 소통을 좋아한다.

사랑은 아낌없이 주는 것이고,
우정은 숨김없이 나누는 것이다.

사랑은 스스로 우물을 파는 것이고,

우정은 호수에 뱃놀이다.
사랑하다 헤어지면 가슴이 아리고,
우정을 나누다 헤어지면 마음이 서운하다.

사랑은 예술을 만들고,
우정은 예술을 논한다.

사랑은 끝도 없는 욕심이고,
우정은 한도 없는 베풂이다.

사랑은 오로지 하나이고,
우정은 여럿도 상관없다.

사랑이 우정으로 변하면 어딘가 어색하고,
우정이 사랑으로 변하면 믿음이 도망간다.

사랑은 다시없는 축복이고,
우정은 더없는 행복이다.

살면서 죽을 만큼 사랑하는 사람 있고,
언제고 만나고픈 다정한 친구 있으면,
세상은 낙원이고 천국이다.

등산화 고별송(頌)

고마움은 사람에게만 있는 것이 아니다.

그간 산행을 하면서 나를 편하게 해 준 등산화에게 감사한 마음을 담아 여기 글을 올린다.

2010년 10월 20일 오후 2시 20분,

너희들 둘을 산속 양지바른 곳에 편히 쉬라고 묻었지.

'잠발란' 너는 십 년 전에 남대문 등산용품 가게에서 만났었고, '아쿠' 너는 칠 년 전 종로5가 등산구점에서 나를 따라왔었다.

우리는 그렇게 연분이 닿아 산에 갈 때마다 너희들은 말없이 따라나섰지.

발밑에 깔려 눌리고 다져지면서도, 뭇 산을, 온갖 길을 다 밟았는데도, 너희들은 그저 묵묵히 따라 주었다.

너희들을 신고 벗으면서, 떠날 때는 '오늘 잘 부탁한다.' 끝나면 '수고했어. 무사히 산행을 잘하게 해 주어서 고마워.' 하고 말해도 담담했었다.

우리는 추억도 많았다.

아프리카 대륙의 최고봉인 킬리만자로산(5895m)을 두 번이나 올랐었고, 파키스탄 발토로 빙하 계곡을 거쳐 K2봉(8611m) 베이스캠프를 가면서 낭가파르바트(8126m), 가셔브룸 I (8068m)·II (8035m), 브로드피크(8047m)를, 그리고 지구상에서 제일 높은 네팔 에베레스트봉(8848m)을 내 눈으로 보기 위해서 베이스캠프 트레킹을 할 때, 초오유(8201m), 로체(8414m)를, 안나푸르나1봉(8091m) 베이스캠프를 오르면서, 다울라기리(8167m)를, 히말라야산맥 8000미터 이상 14개 봉 중에서 열 개를 보는 행운을 우리는 함께하면서 얼마나 감동을 했는지 지금 생각해도 가슴이 뛴다.

알프스산맥의 보석인 몽블랑 일주 트레킹 때도 우리는 다정하게 걸었었지.

아, 참! 남미대륙 잉카문명 유적지 트레킹 때도 우리는 함께했다. 또 파타고니아 빙하의 장관을, 남아메리카 대륙을 신나게 누비고 다녔다.

한반도 사랑을 가슴에 담고, 아름다운 금수강산 남쪽 땅 2500리를 걷는다고 했을 때도 너희들은 내 발 밑에 깔려 몸부림을 치면서도 힘내라고 나를 격려했었지.

오랜 세월 내 산행을 도와주느라 너희들은 온 몸뚱이가 낡고 닳아 이제는 놓아 달라고 말없이 통사정을 했었지.

'낙남정맥' 단독 종주를 끝내고 너희들과 이제는 이별을 해야겠다고 마음먹었을 때, 너희들과 함께 한 추억들이 주마등같이 스치는구나.

이다지도 끈끈한 정이 쌓였는데 너희들과 막상 이별하려니 마음이 허전하고 서운하지만 어쩌겠나.
사람이나 물건이나 낡고 노화되면 이승을 떠나는 것이 순리라, 나보다 너희들이 먼저 갈 뿐이다.

나를 떠나는 너희들에게 내가 해 줄 수 있는 것은 아름다운 이별이라 생각을 하고, 산과 더불어 맺은 우리의 인연을 산으로 돌려주기로 정하고 나니 참 마음이 편하구나.

나를 만나 닳고 낡은 너희들을 꺼내 놓고, 먼지를 털고, 신발 끈을 잘 정돈하고, 우리와 함께한 배낭에 넣어 메고, 너희들에게 뿌려 줄 정종 한 병을 준비하는 것으로 마음을 다잡았다.

너희들이 편히 쉴 수 있는 장소를 청계산 이수봉 가는 길목에
정한 것은 일주일에 한 번씩 우정 산행을 하는 길목이라 이다음
너희들을 지나칠 때마다 안부를 전할 수 있어서다.

마침 동행자 중에 지기地氣를 보는 분이 있어 위치가 좋다고 하
고, 흙도 황토 땅이어서 무척 기분이 홀가분하다.

비록 너희들은 감정이 없는 미물이지만 함께한 추억이 남아 있
는 한 내 마음도 늘 함께할 것이다.

새 등산화를 만나면 너희들과 어울렸던 이야기를 나누면서 추
억을 전하마.

참 고마웠어,
편히 쉬어라.

<3부>

신바람 휘파람

삶에 목표가 있으면
일단, 부딪쳐야 한다
누구나 해낼 수 있다
그래도 안 되면
후회는 없다

삶은 도전과 열정
그리고 감동이 있어야
사는 맛을 안겨 준다

삶의 최고 덕목

세상을 살면서,
수십 번 반복해서 새겨도 아름다운 말이 있다.

'사랑' '칭찬' '격려' '배려'
'양보' '관심' '헌신' '겸손'

이 말 모두를 가슴에 담으면 넉넉한 부자가 된다.
돈으로 살 수 없는 보물들이다.
잘 살고,
즐겁게 살기 위한 깨우침이
이 속에 다 있다.

느낌만이 아니라 행동이 따라야 한다.

모두가 삶의 최고 덕목이다.
이 덕목들은 계속 퍼내어도 마르지 않는다.
퍼낼수록 곧 채워지는 마력魔力을 품고 있다.

'구슬이 서 말이라도 꿰어야 보배다.'라는 격언을 마음에 두고 실천에 옮기면, 삶은 더욱 훈훈해진다.

말은 쉽지만,
실천하기가
무척 어렵다.

훌륭한 평판을 받는 사람들은 한결같이 이런 덕목들을 몸소 새기고 실천한 결과이다.

모두가 닮으면 훈훈한 세상이 되리라.

반복할수록 삶을 망치는 말과 행동이 있다.

'모함' '사술' '비방' '탐욕'
'오만' '교만' '고집' '편견'

온갖 비난을 받는 사람들의 고질적인 성품이다.

이 말들 속에 빠지면 외톨이가 된다.
평생 삶이 고달프다.
스스로 올가미에 갇혀 뭇사람들의 경계 대상이 된다.

설사
가진 재물이 없어도,
출세를 못했어도,
아름다운 덕목으로 세상을 살면
세상 사람들의 존경을 받을 수 있다.

딱 한 번밖에 살 수 없는 인생,
이왕이면
잘 살아야 한다.

도전하는 삶의 희열

살면서 성공과 실패를 두고 수도 없이 갈등을 느낀다. 무슨 일을
하든 성공을 바라는데, 실패할 경우에는 마음에 상처를 받는다.
삶에 의욕을 잃고 때로는 절망을 한다.

안 된다는 선입감,
할까 말까 하는 망설임,
겁이 난다는 두려움이 실패의 걸림돌이다.

원하는 것이 있으면 시도해 보아야 후회하지 않는다.
해 보지도 않고 후회하는 것보다,
해 보고 나면 비록 실패해도 미련이나 아쉬움은 없다.

최선을 다하고도 실패를 했다면 새로운 지혜를 얻을 수도 있다.

실패를 두려워하면 아무것도 이룰 수 없다.

성능이 좋은 자동차도 시동을 걸고, 기어를 넣고, 가속기를 밟지 않으면 그냥 제자리에 멈추어 있을 뿐이다.

삶의 목표가 정해지면 내 능력에 맞는 기어를 넣고 노력의 가속기를 밟아 보면 차는 출발하고, 기어와 가속기를 잘 조절하면 목표를 향한 속도가 난다.

몇 년 전 수자원 보호를 위해 4대강 개발을 하면서, 강변으로 자전거길이 만들어졌다.

'한반도 사랑'을 가슴에 담은 나에게는 더없는 유혹이었다.

자전거 타기에 익숙하지 않았지만, 강변 물길 따라 한반도 산천을 구석구석 살펴본다는 설렘이 온몸을 후끈하게 달구었다.

늦은 나이에 무모함이었지만 한번 부딪쳐 보자는 다짐으로 아라운하(21km), 북한강(70km), 한강(23km), 남한강(160.2km), 금강(146km), 낙동강(330.1km), 영산강(133km), 섬진강(154km) 자전거길을 모두 달렸다.

정말 욕심이고 무리였지만 강한 의지가 나를 잡아끌었다.

삶의 목표가 정해지면 출발을 시도해야 목적지에 갈 수 있다는 마음가짐과 '시작이 반이고, 노력하는 만큼 이룬다.'는 교훈이 성취의 채찍이었다.

'해냈다'는 기쁨과 즐거움은 언제나 내 삶의 큰 밑천이 되고 있다.
나만의 삶의 설계가 챙겨지고,
하고야 말겠다는 결심이 다져지고,
필요한 준비를 하고,
부딪쳐 보는 열정은

바로 내 삶의 기쁨이고 즐거움이다.

습관도 마약이다

집사람한테 종종 핀잔을 듣는다.

'침대 주변에 책들이 어지럽게 널려 있다'느니
'잠자다 깨어 누운 채로 책을 읽는다'느니
'밥 먹을 때 자세가 꾸부정하다'느니
'전화 통화를 할 때 자기 이야기만 하고 끊는다'느니
'남의 말을 다 들어 보지도 않고 중간에서 자른다'느니 모두가
일상적인 것들이다.

잘못된 내 버릇이다.
'고쳐야지.' 하면서도 잘 안 된다.
별 생각 없이 반복하다가 몸에 젖어 버렸다.

버릇은 길들이기에 따라 좋게도, 나쁘게도 몸속에 자리를 잡는다.

버릇과 습관은 같은 뜻인데도 묘한 느낌이 있다.

버릇은 낱낱의 이미지가, 습관은 전체를 아우르는 의미(음식, 운동, 생활, 독서습관)가 느껴진다.

생각과 행동하는 버릇이 반복되면 습관으로 자리를 잡는다. 버릇보다는 습관이 더 뿌리가 깊다.

'세 살 버릇 여든 간다.'는 격언에서, 세 살 때는 버릇이고 여든이면 습관이다.

좋은 것이든 나쁜 것이든 버릇이 습관이 되면 고치기가 태산을 옮기는 것보다 힘들다.

좋은 버릇이 습관이 되면 어디를 가든, 누구를 만나든 대우를 받는다.

나쁜 버릇이 습관이 되면 모두가 기피를 하고 삶이 힘들어진다.

어느 쪽의 습관을 만드느냐는 나 하기에 달려 있다.

알게 모르게 나한테 편하고 덕이 되면 그 편을 따르고 선택하게 된다. 그것이 반복되면 나도 모르게 습관이 되어 버린다.

다행히 좋은 습관이면 삶이 편하고, 좋지 않은 습관이면 평생을 두고 후회한다.

습관도 일종의 마약이다.

한번 길들여지면 바꾸기가 대단히 힘들다.

'습관은 제2의 천성이다.(B. 파스칼)', '마흔 살이 지나면 남자는 자기의 습관과 결혼해 버린다.(G. 메레디스)'는 말은 새겨들어야 할 명언이다.

이미 습관이 되어 버린 일상의 내 행동에 대해 닷새가 멀다 하고 아내로부터 핀잔을 받고 고치려고 무던히 애를 쓰지만 그때뿐이다.

같은 말을 반복해서 들으면 은근히 짜증이 나서 다투기도 한다. 서로가 어색해진다. 미안하기도 하다.

잘못된 습관을 바꾸려고 몇 번이고 챙겨 보지만 쉽지 않다. 그래도 계속 노력해 본다.

누구나 가정과 사회관계 속에서 온갖 습관이 몸에 젖어 있다.

나 좋다고 내 방식으로 하면 상대방에게 생각하지도 못한 피해를 줄 수가 있다. 그럴 때마다 자기 인격과 품격이 드러난다.

좋은 습관은 찬사와 예우가 따르고, 나쁜 습관은 비난과 불이익을 당한다.

잠자기 전 하루를 되돌아보고, 혹시나 나의 잘못된 습관으로 불편했거나 불이익을 당한 사람이 있었는지 챙겨 보는 것은 참 좋은 자기 수양 습관이다.

살면서 무슨 일이든 습관이 좋으면 나도, 상대방도 편하다.

결혼 흥정

요즈음 젊은이들 사이에 소개팅, 그룹 미팅, 채팅, 카카오톡으로 남녀 간의 만남이 다양해졌다.

번거롭지 않고 편리해서 자연스럽게 받아들여지고 있다.

쉽게 만나고 부담 없이 헤어지기도 한다.

분위기에 따라 판단이 빠르다.

바쁜 세상에 번거로운 정식보다 간편한 패스트푸드가 안성맞춤인 격이다.

밥이 빵으로, 국수가 라면으로, 된장이 버터로, 숭늉이 커피로, 막걸리가 와인으로, 부침전이 피자로, 젓가락이 포크로 식생활 문화가 바뀌었는데, 사랑 메뉴도 현대화되어야 자연스럽다는 신세대의 취향일까.

이제 결혼은 사랑의 결실이라는 절실한 정신적 메시지는 먼 옛날의 전설쯤이다.

신문 광고란을 보면 결혼정보회사가 대서특필이다.

돈을 내고 짝을 찾는 상업 결혼 문화가 거부감 없이 받아들여지는 세상이다.

내 주변에도 혼인 적령기에 있는 아들, 딸을 가진 이들이 '어디 좋은 신부, 신랑감이 있으면 중매를 서 달라.' 청을 한다. '어떤 사람을 원하느냐?' 물으면, '미모가 반듯하고, 학벌이 좋고, 직업이 확실하고, 경제력이 있으면' 좋단다.

평생을 함께할 상대를 인물, 집안, 학력, 재력만을 보고 결정한다는 것은 참 위험한 생각이다.

살아 보면 미모가, 자격이, 명예가, 재산이 전부가 아니라는 것을 바로 알게 된다.

부부로 만나 평생을 함께하려면 외형적인 조건보다 금실이 좋아야 한다. 서로 사랑하고, 도와주고, 이해하고, 살펴 줄 수 있는 품성과 인성이 제대로 되어 있어야 한다.

우리 주변에 이혼한 사람을 보면 결혼 당초엔 미모, 문벌, 학벌, 재벌을 챙기다가 결혼 후엔 생활 방식이나 정신적인 갈등 때문에 갈라선 경우가 대부분이다.

가정이 깨어지고 가족이 갈라지는 슬픈 선택은 애초에 결혼 조건에 너무 집착했기 때문이다.

결혼은 만날 때의 근사한 조건이 아니고, 사는 동안 서로를 품어주는 깊은 애정이 맞닿아야 한다.

행복의 길목

세상을 살다 보면 행복한 삶의 길이 보인다.

'아름다운 사랑'
'몸과 마음의 건강'
'화목한 가정'
'안정된 생활'
'진정한 우정'
'좋아하는 일거리'

어느 것 하나 돈으로 살 수 없다.
누구나 다 원하지만 다 가질 수도 없다.

아름다운 사랑은 뜨거운 마음으로 베푸는 정이다.

세상에 사랑만큼 넓고 깊은 것은 없다.

아무리 퍼주어도, 퍼마셔도 줄어들지 않고 채워진다.

사랑이 가득한 인간관계가 나를 춤추게 하고 세상을 밝게 한다.

사랑이 넘치는 그곳이 바로 천국이다.

사는 동안 몸과 마음이 편해야 한다.

스스로 병을 만드는 무리는 피해야 한다.

온갖 좋은 조건을 다 가져도 병이 들면 아무 소용이 없다.

몸과 마음이 건강해야 살맛이 난다.

세상의 누구보다 가족이 오순도순 화목해야 사는 즐거움이 끓어넘친다.

가족 간에 갈등이 있고, 우환이 생기면 삶은 지겨워진다.

사는 동안 필요한 재력이 있어야 생활의 고통이 덜어진다.

많은 부가 필요한 것이 아니다.

빚지지 않고 남에게 도움을 받지 않을 정도면 만족해야 한다.

지나친 욕심은 항상 비운이 따르기 마련이다.

진정한 우정만큼 좋은 인간관계도 없다.

언제 만나도 반갑고, 만나면 더없이 푸근한 인정이 나누어지는 친구가 있으면 삶은 마냥 즐겁다.

좋아하는 일이 있으면 그곳이 별천지다.

나만의 만족이 가득하다.

세월이 지루하지도 않다.

자기 취향과 적성에 맞는 일은 축복이다.

세상에는 재물을 탐하고, 출세에 눈이 멀어 자기만의 욕망을 쫓고 있는 사람들로 북적인다.

살아가다 뒤늦게 알고 후회하지만, 그때는 이미 지난 세월이다.

진정한 행복은 물질도, 명예도, 권력도 아니다.

내 마음이 편하면 그게 바로 천국이다.

양극화 세상

우리 사회에 고질화된 양극화가 심각하다.

이대로 가다간 언제 어떻게 될지 만나는 사람마다 걱정이 앞선다.

세상이 아슬아슬하다.

앞날이 짙은 안갯속이다.

살기 좋은 세상이 우리 모두의 바람이지만 누구도 청사진을 펴 들지 않는다. 말은 청산유수인데 정작 해결의 실마리는 감감하다.

'빈부의 양극화'

'이념의 양극화'

'신분의 양극화'

'지역의 양극화'

'교육의 양극화'

'직업의 양극화'
'생활의 양극화'

중산층이 두터워야 안정된 세상인데 빈부의 격차가 점점 더 벌어지고 있다.

자유민주주의를 다짐하는 보수 세력과 복지 지향의 진보 세력이 마주하고, 세력 간의 주장과 갈등은 온 나라를 흔든다.

권력과 금력을 가진 실세들의 횡포에 휘둘리는 서민들은 갈수록 삶이 힘들다고 사방팔방에서 난리다.

선거가 있을 때마다, 정권이 바뀔 적마다 지역 편 가르기가 가관이다.
이해관계자들의 얄팍한 계산이 불러온 악순환의 고리다.

공교육이 무너지고 사교육이 판을 치니, 흙수저가 금수저 될 길은 영영 멀어졌다.
교육의 부익부 빈익빈으로 사회 갈등이 점점 깊어지고 있다.

청년 일자리가 없다고 온 나라가 시끄럽다.
어떻든 대학을 나와야 한다는 사회적 분위기도 한몫을 하고 있다.

대학을 졸업하면 고급 인력인데, 처우와 직장 환경이 좋은 곳만 찾고 있으니 자발적 실업자가 수두룩하다.

전국에는 외국인 근로자가 수도 없이 많다. 모두가 우리 청년들의 일자리인데 우리 청년들은 고학력 자존심에 묶여 이런 곳을 꺼려 피한다.

경제 여건이 어려워지니 실업자가 늘어나고, 영세 상공인들의 폐업이 줄줄이다. 골목 상인들은 장사가 시원찮아 아우성이다.

그런데도 쇼핑몰이나 백화점에는 고객들이 북적인다. 고급 음식점에도 손님이 가득하다.

사회의 다양한 대립과 갈등이 해결되지 않으면 화합과 소통을 기대하기가 어렵다.

더불어 잘사는 사회가 건강하다.

우리 모두가 관심을 가지고 바른 길을 찾아야 한다.

극과 극이 치열한 투쟁과 적대감으로 부딪치면 긴장과 파멸만 있을 뿐이다.

마주하고 으르렁거리면서 독을 뿜으면 양쪽 다 상한다. 툭툭 털고 서로가 의좋게 나란히 함께 해야 살판난다.

세상만사는 균형이다.

한쪽이 기울면 다른 한쪽이 불안하다.
더불어 잘사는 세상이 안전한 세상이다.
타협과 양보가 잘사는 미덕이다.
대결과 투쟁은 서로가 망하는 지름길이다.

지금부터라도
세상을 바로 보고,
제 길을 가야 한다.

바라만 보지 말고,
삿대질만 하지 말고,
나부터 동참해야 한다.

어쩌면 좋아!

저기,
노인 양반 행동거지 좀 보소.

어디를 가나, 어디서나,
염치도, 체면도, 미안함도
없어라.

그냥 큰소리고,
마냥 밀어붙인다.

살아온 세월의 진국이
그 맛을 잃어버렸다.

저기,
젊은이 품격 바라진 거동 좀 보소.

여기도, 저기도,
염치도, 체면도, 미안함도
없어라.

그냥 손바닥(?)에다 눈 내리깔고,
마냥 입은 자물통이다.

살아갈 세월의 땅거미가
눈앞에 어른거린다.

그 옛날엔
앞을 보고, 옆도 보고
삶을 깨쳤는데

지금은
앞도, 옆도
고개를 돌리지 않는다.

그래도 세상은 잘도 굴러간다.

낭떠러지에 떨어질 날이 바로 코앞인데도,
설마 지척이 천리 인 줄 착각하는 건 아니겠지.

허망한 인생들이다.
그 속에 나도 있다.

이를 어쩌나.

이왕이면 잘 살아야지

간혹 친구를 만나다 보면 '요즘 사는 게 영 재미가 없다.'면서 '자네는 어떻게 살고 있나?' 되물을 때가 있다.

'어떻게 살긴, 살아 있으니까 사는 거지.' 하고 농담을 던진다. 사실 부모가 있어 태어났지만, 죽고 싶다고 죽을 수는 없다(자살은 예외).

직장에 있을 때는 맡은 일에 정신을 빼앗긴다.
가족이 있으면 식구들의 생계에 온 힘을 다한다.
그러다 세월이 흘러 퇴직을 하고, 역할을 다하면 삶이 무료해진다.
딱 정해진 일거리가 없으면 괜스레 불안하다.

사회 활동에서 벗어나면 혼자라는 외로움에 자기 스스로를 옭아맨다. 심하게는 우울증에 빠지기도 한다.

남은 세월을 어떻게 사느냐가 절실하게 몰아붙인다.

이왕이면 지혜롭게 잘 살아야 한다.

나를 알고, 나를 사랑해야 한다.

내 성품, 내 능력, 내 목표를 알면 삶이 편하다.

내가 현재 어떤 처지에 있는지도 모르고 맹하게 세상만 원망한다면 자기 학대일 뿐이다.

나를 정확히 알고, 내가 나를 사랑하는 것이 잘 사는 최고의 지혜이다.

상대(가족, 친지, 친구, 동료)를 보이는 그대로 인정하고 받아들여야 한다.

사람은 나름대로 자기 존재의 의미가 있다.

내 기준으로 따지고, 비판하고, 흉보고, 불평불만을 하면 나만 고달파지고 몸이 지친다. 마음의 상처도 생긴다.

상대방의 처지를 이해하고 함께해야 한다.

일상생활은 관계의 연속이다.

사람은 본능적으로 상대와 경쟁의식을 가진다. 그러다 보면 자존심이라는 근성이 눈을 가린다.

열등감이 느껴지면 인간관계는 불편하다.

내가 최선을 다해 살면서 상대의 입장을 이해하는 삶이 훨씬 편하다.

건강 관리에도 최선을 다해야 한다.

병들면 만사가 귀찮고, 삶이 허무해진다.

건강은 타고나기도 하지만 평소 관리가 중요하다.

자기 수준과 적성에 맞는 건강 프로그램을 만들어 꾸준히 실천하는 것이 건강 유지를 위한 최선의 방법이다.

세상의 변화를 바로 보고 적응해야 한다.

과학과 문화는 하루가 다르게 변하고 있다.

지금에 살면서 이러한 변화와 발전에 적응하지 못하면 우선 내 생활이 불편하다.

주위 사람들과 어울리지도 못한다.

세상의 흐름에도 뒤떨어진다.

나날이 바뀌는 문화를 받아들이는 것이 현명하다.

주변 사람들과 좋은 인간관계를 맺고 사귀면 엔도르핀이 온몸을 녹인다.

얄팍한 이해관계로 사람을 만나고, 이용하기 위한 인간관계는 굉장히 피곤하다. 때로는 이중인격자가 되기도 한다. 좋은 사람을 만나고, 인정을 나누면 삶이 즐겁고 생기가 난다.

아예 피곤한 사람은 일정한 거리를 두어야 한다.

세상을 넓게 보고 더불어 사는 온정을 베풀어야 한다.

세상에는 별의별 사람들이 저마다 각자의 삶을 살고 있다.

풍족한 사람이 있는가 하면 부족하고 어려운 사람도 있다. 부유한 사람이 인색하면 추하게 보인다.

나한테 여유가 없어도 상대를 배려하고 나누는 것은 큰 즐거움이다.

사회와 가정에 책임을 다하고, 매사에 당당하면 정말 멋진 삶이다.

모든 사람의 생활 터전은 사회와 가정이다.

사회와 가정이 활기가 넘쳐야 살맛 나는 세상이다.

사회가 혼란스럽고 가정이 화목하지 못하면 지옥이나 다름없다.

가정과 사회에서 내 역할은 모른 체하고 내 이익만 챙긴다면 세상은 뒤죽박죽이다.

살면서 내 의무를 다하고, 나에게 전해지는 인정에 고마운 마음을 가질 때 삶은 더욱 윤택해진다.

'친구야, 우리 한번 잘 살아 보세.'

'세상은 그렇게 호락호락하지 않아.'

어떻게 사느냐에 따라서 천국일 수도 있고, 지옥일 수도 있다.

저승에 가도 천국은 있다지만,

이왕이면 이승에서도 천국에서 살아야지.

천국과 지옥은 내가 만든다.

같은 값이면 다홍치마

세상이 몹시 어수선하다.

생활문화가 급변하고, 삶의 가치관이 다 다르니 사람들의 행세가 혼란스럽다.

아주 오래전, 어느 모임에서 들은 말이 문득 떠올랐다.

세상에는,

'꼭 있어야 할 사람'

'없어도 될 사람'

'있어도, 없어도 상관없는 사람'이 있다고 했다.

세상 경험이 얕았던 그 당시에는 그냥 흘려들었다.

직업을 가지고 한세상 살면서 온갖 현장을 통해 그 말의 속 깊은 의미를 늦게야 알 수 있었다.

선행으로 남을 돕는 사람,
자기가 맡은 일에 충실한 사람,
노력하면서 열심히 사는 사람,
남을 존중하고 인정해 주는 사람,
욕심부리지 않고 나누는 사람,
세상을 위해 자기 능력과 지혜를 다 쏟아붓는 사람,

꼭 있어야 할 사람들이다.
이런 사람들이 많으면 세상은 살맛이 난다.

온갖 방법으로 남을 속이거나 괴롭히는 사람,
남의 약점을 이용하여 자기 잇속을 챙기는 사람,
약자를 구박하거나 못살게 구는 사람,
자기의 허물을 덮어씌우는 사람,
좋은 것은 내 탓, 나쁜 것은 네 탓 하는 사람,
득 좀 보겠다고 남에게 빌붙는 사람,
매사에 불평불만으로 옆 사람을 피로하게 하는 사람,
재산이든 권세든 가졌다고 함부로 휘두르는 사람,

없어야 할 사람들이다.
없을수록 세상은 밝아진다.

소신 없이 좌왕우왕하는 사람,

비위만 맞추고 눈치만 보는 사람,

나만 편하면 남이야 죽든 살든 나 몰라라 하는 사람,

눈앞의 위급한 경우를 못 본 체하는 사람,

남의 성공에 슬며시 편승하는 사람,

피곤한 사람들이다.

없어도 괜찮은 사람들이다.

세월이 많이 지났는데도 사람의 씀씀이는 예나 이제나 변함이 없는 것 같다.

요즘 세상에는 꼭 있어야 할 사람보다 없어야 할 사람, 없어도 괜찮은 사람이 너무 흔하다.

이왕이면 꼭 있어야 할 사람으로 사는 게 세상의 빛이다. 가정에서, 이웃에서, 직장에서, 사회에서 내가 있어 다른 사람에게 편하고 도움이 되는 사람이어야 한다.

살면서 짬짬이 현재의 내 몸가짐이나 행동이 어떤지 한 번쯤 새겨봄직하다.

내 삶의 진정한 모습을 살펴보고, 지금부터라도 어떻게 살아야 하는지를 챙기면 삶은 더욱 윤택해진다.

현재의 나를 알면 내가 사는 길이 보인다.
내가 나를 가르치는 채찍이기도 하다.

이왕 사는 세상,
필요로 하는 사람으로
잘 살아야 한다.

명품 죽음

가끔 신문에 죽음을 알리는 부고가 눈에 띈다.

옛날에 임금이 죽으면 승하昇遐, 등하登遐, 붕어崩御라 하고, 고승이 죽으면 입적入寂, 입멸入滅, 열반涅槃, 멸도滅度, 귀적歸寂했다고한다. 기독교에서는 승천昇天, 등천登天, 선종善終이라 한다.

요즘 사람이 죽으면 서거逝去, 작고作故, 영면永眠, 별세別世, 하직下直, 운명殞命, 사망死亡, 졸卒했다고 부음을 알린다.

직장일 하다 죽으면 순직殉職, 종교일 때면 순교殉敎, 나라를 위하면 순국殉國이라 하여 격식을 갖춘다.

사람이 죽으면 일상에서는 '돌아가셨다' '죽었다'로 말하지만,

'쭉 뻗었다' '골로 갔다' '뒈졌다'는 상스런 말도 있다.

죽음을 두고 이렇듯 여러 표현들이 있는 것은 죽은 사람의 평시 인품을 말해 주고 있다.

고인에 대한 흠모와 존경의 뜻이 담기기도 하고, 직함에 대한 권위의 상징에 걸맞기도 하고, 윗사람에 대한 예우 차원이기도 하다.

신분에 걸맞지 않은 악행으로 죽음을 맞으면 상말이 달라붙는다.

세상과 헤어지는 죽음은 살아 있는 후손들의 사회적인 신분과도 관계가 있음을 눈여겨볼 수 있다.

죽음의 알림도 평소 신분이나 인품의 비중에 따라 격에 알맞은 말이 등장한다.

내 죽음이 어떻게 표현될지 한 번쯤 생각해 봄직하다.

'호랑이는 죽어서 가죽을 남기고 사람은 죽어서 이름을 남긴다.'는 경구는 언제나 진리다.

어떤 모습으로 이름을 남기고, 어떤 말로 부음을 전할지는 평소 내 인품과 행적이 가늠해 줄 것이다.

이왕이면 후손이나 세상 사람들이 경배하는 죽음이 되도록 삶을 잘 살아야 한다.

옷깃이 여미어진다.

내 삶은
내가 요리사다

직장을 그만둔 지가 20년이 넘었는데도 가까운 사람을 만나면, '요즘 어떻게 소일하느냐?'고 인사치레로 말을 건넨다.

특별히 하는 일이 없을 테니 하루하루를 보내는 것이 궁금하기도 하고, 같은 처지이니 별난 비결이라도 있는지 얻어들을 요량이다.

우스갯소리로 '하루 쉬고, 하루 놀지요.' 한다.

하기야 인생 황혼기에 부지런히 건강을 다지고, 주변의 인간관계를 잘 챙기고, 자기 취향의 취미 생활을 하면서 즐겁게 사는 것이 최선의 자기 관리이기도 하다.

나는 오래전부터 내 방식의 생활을 하고 있다.

잠자는 시간은 들쭉날쭉하지만, 깨는 시간은 일정하다. 아침 5

시면 침대 머리맡에 둔 자동 라디오 방송 덕택이다.

침대에 누운 채로 방송을 들으면서, 온몸 스트레칭을 한다.

우선 아랫배를 불리면서 심호흡을 한 후 머리, 얼굴, 목, 귀, 가슴, 배, 어깨, 척추, 팔과 다리, 손가락 발가락을 주무르고, 비비고, 누르고, 두드리고, 비튼다.

그러면서 신체 각 부위의 컨디션도 느껴 본다.

어느 부위가 불편하면 내 나름의 육감적인 진단을 한다.

두어 시간 걸린다.

그제야 일어나면 온몸이 가뿐하다.

라디오 방송을 음악 채널로 바꾼다.

음악 듣기는 언제고 즐겁다.

특별히 음악에 깊이가 있거나 상식이 많은 것도 아니다. 가끔 내가 좋아하는 CD를 듣기도 한다. 장르를 가리지 않는다. 그때그때의 기분에 따른다.

시인을 가리지 않고 좋아하는 시를 별책別冊으로 만든 것을 짬짬이 읽는다.

작품의 진정성과 간결한 정서가 바로 전해져 언제나 기분이 상쾌하다.

수요일은 정기 산행 모임이다.
그게 벌써 20여 년이 흘렀다.
언제 만나도 반갑고 편해서 좋다.

약속이 없는 날에는 이런저런 책을 읽는다.
이제는 내용에 중량감이 있는 책보다 정서가 담긴 책들에 관심
이 모아진다. 책 읽기에 빨려 들면 시간 개념을 잊어버린다. 그저
몸과 마음이 풍요로워진다.

수집해 둔 CD나 비디오로 음악을 듣기도, 영화를 보기도 한다.
하루 중에 가장 편하고 느긋한 시간이다.
글을 쓸 때도 있다.
특별한 주제가 있는 것도 아니고, 그때그때 메모해 둔 것을 나름
대로 정리해 본다.

무료한 날이면 그냥 집을 나선다.
도시의 온갖 풍경도 좋고, 영화관이나 전시장도 찾는다. 관심을
끄는 프로그램이 있으면 온몸이 긴장을 한다.
작품마다 감성에 빨려 드는 흐뭇한 시간이 나를 한껏 즐겁게 해
준다.

낯선 거리도 흥미롭다. 이색적인 풍경은 언제나 나를 긴장시킨다. 곳곳의 새로운 문화에 나는 항상 이방인이다.

가끔 전국 산행도, 낯선 고장도, 옛 추억이 담긴 곳에도 길을 나선다.
가고 오는 길목에 산천의 절묘한 풍경이 계절마다 신비를 더해주어 언제나 나를 유혹한다. 그 유혹에 푹 빠지는 내가 신기하다.

친선 모임이 없으면 만남이 거의 없는 편이다.
나는 술에 약하다.
건강 때문도 아니고, 건강을 위해서도 아니다.
술은 내 몸에 맞지를 않는다. 억지로라도 마시면 술 체질이 된다는데 몇 번이나 시도를 해 보았지만 허사였다.

남자는 술을 마셔야 사귐이 끈끈해진다.
어색한 분위기도 풀어지고, 친근감도 더해진다.
온갖 잡담도 허물이 없다.
그러니 나는 모임에서 항상 외딴 섬이다.

좋아하던 해외 트레킹도 접어야 했다.
나이가 드니 일행들이 부담감을 가져 분위기가 공연히 어색해서다.
어릴 적 어른들이 거나하게 취해 흥이 나면 부르던 노랫가락이 귓전에 뱅뱅 돈다.

'노세 노세 젊어서 놀아, 늙어지면 못 노나니, 화무십일홍이
요, 달도 차면 기우나니, 얼씨구절씨구 차차차, 지화자 좋구나
차차차, 화란춘성 만화방창 아니 노지는 못하리라, 차차차'

'다른 사람들은 어떻게 사느냐?'가 은퇴자들의 호기심이 담긴
관심사다.

틀에 박혀 살다가 자유가 주어지는 삶이 불안정해서이다. 세월
이 흐르면서 무료한 삶이 갑갑증을 부추긴다.

특별히 하는 일이 없어 '가진 게 시간뿐이지' 한량들의 넋두리다.

삶은 자기 몫이다.
자기가 삶의 요리를 해야 한다.
먹고 싶은 삶의 음식을 만들기 위해서는 재료 준비를 하고, 식성
에 맞게 지지기도, 볶기도, 삶기도, 굽기도 해야 한다.

남의 입맛에 신경을 쓰다 보면 자기 입맛은 영영 잃어버린다.

내 삶은 내가 요리사이다.
지금부터라도 내 입맛에 맞는 삶의 레시피(recipe)를 만들면 삶은
더욱 넉넉하리라.

'언제 한번'

가까운 친구를 만났는데 다짜고짜로 '요즘 사람들이 왜 그래?' 했다. '무슨 일이냐?' 물었더니, '아니 글쎄 옛날에 함께 일했던 친구 인데, 반갑다 하면서 한두 마디 건네고는 가까운 시일 안에 한번 연락해서 술이나 한잔하자' 하고는 헤어졌는데, 오늘 오늘 하다 벌써 한 달이 지나도 종무소식이란다.

세상을 살면서 많은 사람을 만난다.
친밀한 만남이 있기도 하고, 건성으로 스쳐 가는 만남도 있다. 저마다의 개성이나 인연에 따라 인간관계가 가지각색이다.

만나면 반가운 사람이 있고, 안부 정도로 헤어지는 만남도 있다.
모처럼 만나면서 그냥 지나치기가 어색하여,
'반갑습니다.'

'요즘 어떻게 지나십니까?'
'건강하시지요?'
'좋아 보입니다.'
겉치레 인사를 건넨다.

'오늘은 바빠서 언제 한번 만나요.' 하고 헤어지면 감감무소식이다.

만남에는 그냥 스치고 마는 말들이 많다. 진심이 담기지 않은 말에 마음을 다치면 나만 어색하고 우울해진다.

반가운 만남이 되려면,
살아오면서 서로가 함께할 수 있는 추억이 남아 있어야 한다.
이런 일 저런 일로 만남이 이어져야 한다.
그럴 때 우연한 만남도 정감이 묻은 진한 대화가 오간다.

그냥 아는 만남은 건성일 수밖에 없고, 서운해하거나 마음을 다칠 필요가 없다.

혹여 나도 모처럼 만난 상대방에게 건넨 말이 서운함을 주지는 않았는지 늘 챙겨 본다. 상대는 진솔한데, 내가 건성이면 분명히 나한테 문제가 있다.

모처럼 만남이나, 우연한 만남에서 '언제 한번'이 건네지면 그냥 흘리고 말아야 한다.

'언제 한번' 식사나 합시다.
'언제 한번' 술이나 한잔합시다.
'언제 한번' 차나 한잔합시다.
'언제 한번' 만납시다.
'언제 한번' 모시겠습니다.
'언제 한번' 찾아뵙겠습니다.

말짱 지나가는 바람 소리이다.

기약 없는 '언제 한번'은 영원히 오지 않는다.
'지금' '오늘' '확실하게 정한 그날'이 인정의 표시이다.

세상이 야박해지면서 만남도 무덤덤해졌다.
계산이 깔려야 만남이 있고, 손해 가는 만남은 피하는 게 요즘의 인심이다.

변한 세상인심에 속상해하기보다,
나는 어떻게 만남을 하고 있는지,
한 번쯤 짚어 볼 참이다.

노년 만만세

내 나이 어릴 적에는 환갑이 지나면 노인 취급을 받았다. 한 마을에 60세가 지난 노인이 드물었다.

70대는 인근 마을을 합쳐도 몇 사람뿐이었다.

80대는 아예 찾아보기가 힘들었다.

요즘은 자연 수명이 길어져 60대가 청춘이고, 70대가 한창이고, 80대가 정정하단다.

한편으로 100세 시대를 흥얼거린다.

삶의 환경이 좋아진 탓이다.

그런데도 노년이 되면 네 가지 어려움에 무척 힘들어한다. 질병, 빈곤, 가정 갈등, 무위도식 때문이다.

나이 드는 것도 부담스러운데 피할 수 없는 고통이 따른다면 세상은 지옥이다.

오래 산다고 좋아할 일만은 아니다.

노년에 병이 들면 죽는 것보다 더 힘들다.

요즘은 천수를 다하기보다 질병에 갇혀 고통으로 세월을 보내다가 죽는다. 사망자의 80%가 병들어 죽는다는 통계를 본 적이 있다.

노년이 되면 한두 가지의 성인병에 시달리고, 약을 달고 살거나 요양시설에서 현대판 고려장 신세로 연명하고 있다.

만남이나 모임에 가면 대화의 대부분이 가진 병 신세타령이다. 모임에 빠진 친구들의 병세까지 소상하다.

듣다 보면 짜증스럽기도 하지만, 현실인 걸 따질 수도 나무랄 수도 없다.

노년일수록 평소에 건강을 다져야 한다.

사느라 세상사에 찌든 몸과 마음을 씻어 내고 재충전하는 자기 관리를 철저히 해야 한다.

'건강을 잃으면 다 잃는다.'는 말을 꼭 명심해야 한다.

건강은 어떤 효자, 효부도 대신해 줄 수 없다.

병들어 오래 사느니 병 없이 하루를 더 사는 것이 천국이다.

노년이 되면 적당한 돈이 있어야 한다.

돈이 있으면 삶이 편리하다.

젊은이는 돈이 없으도 벌 수 있는 세월이 있지만, 나이 들면 시간과 기회가 없다.

노년은 많은 돈이 필요하지는 않다.

의식주에 불편이 없고, 질병 관리를 위한 비상금이 필요하다.

노년에 생계유지와 질병 치유를 위한 돈이 없으면 큰 고통이다. 젊을 적부터 노년을 대비해 가진 것을 절약하고 의식주에 불편이 없도록 준비가 있어야 한다.

돈이 없어 남의 것을 탐하다가 삶을 망치는 경우를 수도 없이 본다.

나이가 들면 배우자가 있어야 하고, 속 썩이는 자식이 없어야 한다.

나이가 들수록 금슬 좋은 부부보다 갈등이 있는 부부가 많다. 오랜 세월을 함께 살면서 좋은 것은 바래지고 흠만 뚜렷하다.

충돌이 많지만 그래도 부부가 이 세상에서 최고의 동반자이다.

세상은 야박해지고, 살기에 쫓겨 가족은 흩어지고, 인정은 온데간데없다.

'부부가 화목하면 열 효자 부럽지 않다.'는 말이 새록새록하다. 서로 위하고, 챙겨 주고, 사랑하면서 살면 세상은 행복을 누리는 지상의 천국이다.

효자 효녀는커녕 속 썩이는 자식이 있으면 노년에 큰 우환이다. 자식은 뜻대로 안 된다고 하지만, '무자식이 상팔자'라는 탄식은 없어야 노년이 편안하다.

효도가 사라진 요즈음 자식 때문에 분통해하는 이들이 참 많다.

노년은 즐겨 하는 일이 있어야 한다.

노년에 하는 일 없이 세월만 보내고 있으면 세상은 지옥이다. 취미라도 좋고, 소일거리라도 있어야 세월이 지루하지 않다. 그렇지 않으면 허무, 허망, 외로움, 염세, 우울증으로 하루하루가 지옥이다.

좋아하는 취미나 정서 생활을 찾아서 즐겨야 한다.

혼자이든 여럿이든 다 좋다.

부부가 함께라면 금상첨화다.

많은 사람들이 노년에 병고病苦, 빈고貧苦, 고독고孤獨苦, 무위고無爲苦를 겪어 보지 않아 그냥 듣고 넘긴다.

방심하다가 언제인가는 낭패를 당할 수 있다.

그때는 이미 늦는다.

깊은 한숨만 남는다.

마음을 다잡고 미리미리 챙겨야 노년의 삶이 편하다.

대탐 대실大貪 大失

세상이 어떻게 된 판인지 사람들은 무엇이 되었건 크고 많은 것
에 관심을 보이고, 작거나 적은 것은 무시해 버린다.

선물은 귀하고 비싼 것이라야 관심을 보이고, 사고나 사건도 크
고 끔찍해야 눈살을 찌푸린다.

이권도 떼돈이 보여야 관심을 보이고, 푼돈은 아예 거들떠보지
도 않는다.

화재나 홍수, 태풍도 천지를 진동시켜야 허둥거린다.

건강 관리도 중병 증세가 나타나야 허겁지겁하고, 잔병에는 귀
찮게만 여긴다.

폭력도 집단이라야 소름이 끼치고, 웬만한 다툼에는 그저 무덤
덤하다.

세상만사는 작고 적은 데서 문제가 커진다.

이를 두고 새겨 두어야 할 경구들이 많다.

'작은 병이 큰 병 된다.'

'호미로 막을 일을 가래로도 못 막는다.'

'아이 싸움이 어른 싸움 된다.'

'바늘 도둑이 소도둑 된다.'

'개미구멍이 둑을 무너뜨린다.'

'작은 고추가 맵다.'는 경고를 소홀히 하거나 무시하면 바로 큰 곤욕을 치른다.

'아는 길도 물어서 가라.'

'돌다리도 두들겨 보고 건너라.'

'얕은 내도 깊게 건너라.'

'식은 죽도 불어 가며 먹어라.'는 속담을 그냥 흘려듣다가는 '아 차' 하는 순간 큰 재앙이 기다린다.

인간관계, 질병 관계, 금전 관계, 사업 관계, 거래 관계에서 사소한 문제가 엄청난 손실을 가져오는 경우를 우리 주변에서 심심찮게 본다.

살면서 '설마가 사람 잡는다.'는 말을 항상 새기고 있어야 한다.

일이 터지면 작고 적을 때 수습하기가 쉽다.

'별것 아니겠지.' 하고 마음을 놓고 있으면 일이 더욱 커지고, 감당하기가 무척 어려워진다.

언제나 사소한 것에 관심을 가지고, 관리를 잘하면 위기를 모면할 수 있고, 더 큰 것을 얻을 수도 있다.

좋은 삶을 위해서는 주변에 대수롭지 않은 일이라도 평소에 관심을 가지고 잘 챙겨야 한다.

'큰 것을 탐내다 더 큰 것을 잃는다.'는 가르침은 평생을 두고 마음에 새겨야 삶에 윤기가 흐른다.

사람도 때로는
음식이다

언제인가 한때 유행한 말이 있다.

'사람은 살기 위해서 먹느냐, 먹기 위해서 사느냐. 그것이 문제로다.' 마치 도인의 화두 같기도 하다.

먹어야 산다.

먹기 위해서 사는 것도 아니고,

살기 위해서 먹는 것도 아니다.

살고 있으니 먹는 것이다.

세상에는 별의별 음식이 다 있다.

동물은 날것을 그대로 먹는데,

사람은 먹고 싶은 대로 만들어 먹기도, 사서 먹기도, 얻어먹기도
한다.
날것도 먹고, 익혀도 먹는다.

가지가지 요리법들로 저마다 지혜가 여기저기에서 번득인다.

사람도 때로는 음식이 되는 세상이다.
먹고 싶은 대상이 있으면 기를 쓰고 내 편을 만든다.
내가 필요한 사람이 있으면 악착같이 챙긴다.

때로는 끼리끼리가 되고, 세력도 된다.

친분도, 우정도, 파벌도, 이 속에 다 있다.

동물은 생체 그대로를 먹이로하여 순수한데,
유독 사람만이 먹이를 두고 온갖 술수를 찾는다.

'어디 좀 좋은 혼처 없나?'
'사업 좀 같이 할 사람 없나?'
'형편이 어려운데 좀 도와줄 수 없나?'
'나 좀 도와줄 사람 없나?'

'좀'은 순수하지도, 당당하지도 못하고 얄팍한 음모가 숨어 있다. 상대가 어떻든 내가 득 좀 보자는 계산이 깔려 있다.

이왕이면 도와주고 같이 잘살 수 있으면 더 바랄 것이 없지만, 나 편한 대로 일방적이면 인심은 야박한 것이다.

때로는 사람 음식을 잘못 먹고 쫄딱 망하는 꼴을 자주 본다. 쌓아 온 공덕이 애처롭다.

음식은 배고플 때 먹고 나면 그만이다.

사람이 음식 대용이 된다면 정말 서글픈 끝장이다.

그런데도

자기 입맛에 맞는

사람음식을 찾느라고

지금도 세상이 뻔질거린다.

외롭다고요

삶이 때로는 외로움이지요.
그럴 적에는
한껏 기지개를 켜고,
깊은 숨을 쉬면서

노래를 부르거나,
음악을 듣거나,
거울에 나를 비추고 미소도 지어 봐요.

그래도 외로우면
외출을 하세요.

남들이 사는 모습을,

길거리를 스치는 풍경을 봐요.
때로는 극장을 찾아
영화나 연극을 봐요.
음악회나 뮤지컬이면
더 좋지요.

자연이 너울거리는
산길이나 숲길을 걸어 봐요.

무척 사랑하는 사람을 놓으면,
평생을 함께하던 짝을 잃으면,
철석같이 믿었던 사람에게 배신을 당하면,
가진 것 다 놓치고 빈털터리가 되면,
그렇게 가깝던 사람이 내 곁을 떠나면,

숨이 멎을 듯한 외로움이 온몸을 짓누르지요.
깜깜한 빈방에 나를 가두는 가슴앓이랍니다.

외로움에 아파하지도,
슬퍼하지도 말아요.

그래도 외로우면

외로움을 가슴에 품어요.
절절한 포옹은
외로움도 녹여 줍니다.

시간 지나고 세월 흐르면,
텅 빈 내 몸 안에서
파란 새순이 나를 반길 겁니다.

혼란스런 세상

요즘 매스컴에 크고 작은 사건들이 세상을 떠들썩하게 한다.
세상이 시끄럽다.
어쩌다가 아니고, 잊을 만하면 또, 또다.
세상이 불안하다.

가는 곳마다, 만나는 사람마다 혀를 내두른다.

정치인은 가식이 몸에 배었고,
공직자는 관행에 정신을 못 차린다.
기업인은 별별 방법으로 여기저기 손을 뻗친다.

문제가 터져 세상에 알려지면

하나같이
'절대 그런 일이 없다.'
'받은 적이 없다.'
'전연 모르는 사이다.'
'본 적도, 만난 적도 없다.'
'전부터 그래 왔다.'
'성실하게 조사를 받겠다.'
'나는 모르는 사실이다.'
'부득이한 사정이었다.'

샅샅이 파고들면
'죄송하다.'
'생각이 짧았다.'
후안무치의 막장 드라마다.

몇몇 못난 사람이 온통 민심을 흔든다.

당당하지도, 떳떳하지도 못하다.
책임지려고도, 세상 무서운지도 모른다.
위선과 거짓으로 능청을 부린다.

우선 모면하고 보자는 꼼수가

세상을 어지럽힌다.
그 떵떵거리던 위세는 어디 가고,
망신, 망신 그런 망신이 또 어디에 있을꼬.
부끄럽고 부끄럽다.
이성은 마비되고, 입만 나불나불.

세상은 내 편이라고 허세 부리다 하루아침에 번데기 꼴이다.

법은 멀고 권세가 판을 치던 조선시대의 현대판.

있는 죄 까뭉개고,
더러운 혓바닥,
만백성 우롱한 죄.

코미디가 따로 없네.
보는 사람이 민망하다.
듣는 사람도 매스껍다.

정의가 가려지고
불의가 득시글거린다.

정직한 사회,

안정된 사회,
살맛 나는 사회,
우리 모두의 바람이다.
'법과 원칙이 확실하게 지켜지는 세상'
'나도, 너도 똑같이 존중되는 세상'
'온갖 위험에서 안전을 보호받는 세상'
'희망이 분명히 보이는 세상'

이런 백성의 절절함을
꼭꼭 채워 줄 열정과 다짐이 온몸에 펄펄 끓는
멋진 일꾼

분명 어디에 있을 텐데….

노춘 만담 老春漫談

사무엘 울만의 시 '청춘Youth'은 언제고 마음을 설레게 한다.

'청춘이란 인생의 한 시기가 아니라 마음가짐이다… / 누구
도 세월 따라 늙어 가는 것이 아니라 이상을 잃어버릴 때 비로
소 늙는다… / 인생은 마음가짐에 따라 얼마든지 달라질 수 있
다… / 아름다움, 희망, 기쁨, 용기, 영원에서 오는 힘의 메시지,
이 모든 것을 받고 간직하는 한 그대는 언제까지나 젊다… / 삶
에서 희망의 물결을 붙잡는 한 여든 살의 나이로도 그대는 청
춘으로 남는다.'

읽을 적마다 느슨해진 심장에 싱싱한 수혈을 받는다. 노년들이
신명나게 살도록 희망과 느낌을 주는 시구가 멋지다.
노년인구가 갈수록 늘어난다고 세상이 시끄러운데, 80세도 모

자라 100세를 호기 있게 외쳐 대는 간 큰 노년들의 세상이다.

노년은 노년이다.

머리는 백발에다 얼굴은 주름살투성이다. 검버섯까지 덤으로 장식했다. 등과 허리는 세월을 못 이겨 휘었다.

기력이 없어 걸음은 어정어정하고, 복장은 후줄근하다. 가는귀가 작은 소리는 듣는 둥 마는 둥이다. 시력은 떨어져 돋보기를 코끝에 걸쳤다. 기억력이 아물아물하고, 오감은 무뎌 부끄러움도 없다.

체면은 제쳐 두고 고집은 항우장사다.

몸과 마음은 무뎌지고 활기를 잃어 가는데, 늙음에 청춘을 외쳐 보아야 공염불이다.

'한 손에 막대 들고 또 한 손에 가시 쥐고
늙는 길 가시로 막고 오는 백발 막대로 치려더니
백발이 제 먼저 알고 지름길로 오더라'

가는 세월 잡지 못하고, 막을 수도 없으니 늙음을 받아들이고 마음을 편하게 가져야 한다는 고려 말 유학자 우탁禹倬의 시조가 가슴에 안긴다.

가는 곳마다 '어르신'이다. 대중교통에는 노약자석이 어울린다.

국립공원은 무료 입장이다. 공공장소는 할인이 되고, 정부에서 노년연금까지 준다는데, 꿈과 희망이 있다고 청춘일 수는 없다.

조선시대 대학자 김시습의 '老木開花心不老노목개화심불로'라는 시구가 언뜻 스친다. 늙은 몸에 생기가 넘치니 마음은 청춘이란다.

세월 좋아 자연 수명이 길어지니, 이제 60은 청춘이고, 환갑잔치는 미운 오리털이 되었다.

하지만 노년은 오는 세월이 아니고 가는 세월이다.

꿈과 낭만에 살기에는 세월이 밭다.

건강하고 기력이 넘쳐 삶이 넉넉한 노인은 '나이는 숫자에 불과하다'고 여유로움이 있지만, 대부분의 노년은 건강에 시달리고, 생활에 찌들린다. 삶에 의욕을 잃고, 힘들게 보낸다.

노년은 적적하다.

나이 들어 대우받던 시절은 지났다.

이제 노년이 되면 아무도 챙겨 주지 않는다.

오나가나 귀찮은 존재로 멀리하고 피한다.

몸 둘 곳이 마땅찮다.

정 붙일 곳도 시답잖다.

부부간에도 눈치가 보이고, 자식에게도 짐스럽다.

가까이하던 친구도 하나둘 떠나간다.

노년이 되면 청춘의 꿈을 깨고, 오기나 객기를 부리지 말아야 한다.

그저 살아 있음에 감사하면서 건강을 다지고, 주어진 환경에 넋두리도 하지 말아야 한다.

하루하루를 열심히 사는 지혜를 터득해야 한다.

조급하게 서둘지 말고, 재미있게 열심히 살다가 미련 없이 떠나는 바보가 되어야 한다.

꽃이 피면 지게 마련이고,
산을 오르면 내려가야 하듯이
나이 들면 늙게 마련인데,
그저 편안한 마음으로 순리順理를 받아들여야 삶이 편하다.

노년은 그냥 노인일 뿐이다.

현대판 요지경

옛날 시골에는 닷새 만에 장이 섰다.

장날이 되면 특이한 볼거리인 '요지경'이 기다려졌다. 상자 앞면에 확대경을 달고, 그 안에 여러 가지 그림을 넣고 작은 구멍으로 들여다보게 만든 희한한 요술 상자였다. 알 듯 모를 듯 혼란스러움이 호기심의 대상이었다.

특별한 볼거리가 없던 시절이라 장터에서 아이들에게 꽤 인기가 있었다. 한 번 보는데 얼마씩 돈을 받았다.

요즘 흔히들 '알쏭달쏭하고 묘한 세상일'을 비유하여 '요지경'이라고 한다. 세상이 혼란스럽고 정의와 불의가 뒤섞여 요동을 치면 보통 사람들의 눈에는 요지경을 보는 것 같다.

무전유죄, 유전무죄 풍조가 그렇다.

진실을 부정하는 사람이 세상을 뒤흔든다.
특권이 특혜로 둔갑을 한다.
범법이 합법을 짓누른다.
불법이 거리에 판을 친다.
온갖 질서가 깡그리 뭉개지고 있다.

가짜가 진짜로 버젓이 행세한다.
뜬소문으로 상처를 주면서 아니면 그만이다.
해킹이 세상을 깜짝깜짝 놀라게 하고,
갑질과 폭력이 약자를 시시때때로 괴롭힌다.

스마트폰이 필수 휴대품이 되면서 카카오톡에 진실과 허구가,
선동과 분노가 온 세상을 못매질하고 있다.

안타깝고 얼떨떨하다.
이 모두가 현대판 요지경이다.

그 옛날 시골 장날 요지경에는 신기한 재미가 넘쳤는데, 현대판
요지경에는 온 신경이 마치 거미줄에 걸린 듯하다.

지하도를 지나는데 각설이 풍의 노숙자가 넋두리를 하고 있었다.

"세상이 말세로다. 세상이 괄시로다. 이것저것 다 망쳐 먹고 갈 데올 데 없어 지하도가 내 집이로다. 내사 그렇다 치고 바깥세상 보아하니 거기도 개판이로구나. 잘난 놈은 거짓말 식은 죽 먹듯 하고, 못난 놈은 능글맞게 지저분한 돈다발에 개 밥그릇 핥듯 하고, 힘센 놈은 약한 놈 손 묶고 돈 긁어모으기에 눈알이 까뒤집어졌구나.

어, 허, 지체 높은 인간들아, 그래 너 잘났다. 뭐라 해도 똥그라미가 최고로다. 돈 없으면 내 꼴 되니, 돈 먹다 똥통에 빠져도 돈 죽사발 바닥날 때까지 핥고 또 핥아라. 에라, 뒈져라. 지옥 갈 때돈벼락이나 맞아라.

어유, 한 푼 줍쇼."

노숙자의 푸념이 예사롭지 않았다.
그 사람도 현대판 요지경에 몸서리를 치고 있는 꼴이다.

유쾌한 눈빛

'나이가 들면 세월은 못 속인다.'는 말이 새삼스럽다.

눈이 침침해서 병원에 갔더니, 이것저것 점검하고는 노안이란
다. 나이가 들면 신체의 모든 기능이 점점 떨어지는 생리현상이니
평소에 잘 간수하라고 일러 준다.

눈은 마음의 창이다.
눈은 세상을 보는 반사경이다.
눈은 마음을 전하는 전령이다.

눈은 빛으로 말한다.
상대방의 눈빛만 보아도
그 사람을 꿰뚫어 볼 수 있다.

‘관용을 베푸는 눈빛’

‘용서하는 눈빛’

‘기쁨이 가득한 눈빛’

‘사랑이 담긴 눈빛’

‘만족한 눈빛’

‘행복한 눈빛’

‘이해하는 눈빛’

‘따뜻한 눈빛’

이 모두는 유쾌한 눈빛이다.

세상을 밝게 보는 눈빛이다.

삶이 즐거운 눈빛이다.

‘거짓이 서려 있는 눈빛’

‘피로에 지친 눈빛’

‘원망이 가득한 눈빛’

‘불평불만에 찌든 눈빛’

‘분노에 찬 눈빛’

‘실망에 축 처진 눈빛’

‘고뇌에 찬 눈빛’

‘증오에 이글거리는 눈빛’

이 전부는 불쾌한 눈빛이다.
세상을 어둡게 보는 눈빛이다.
삶이 괴로운 눈빛이다.

눈빛은 하루에도 수십 번 바뀐다.
삶의 순간순간은 희로애락의 반복이고 연속이다.
늘 밝고 맑은 눈빛만 간직할 수는 없지만,
유쾌한 눈빛을 쏘면 아름다운 세상이 보인다.

눈이 침침한데도 도수 안경을 쓰기는 그렇고, 신문이나 책을 읽을 때 돋보기는 필수품이다.
눈 탓하면 뭣해, 세월 탓인데.

오래오래 유쾌한 눈빛만 가져야겠다.

<4부>

세상 사는 이야기

살다 보면 몸과 마음이 지친다
지나온 세월과 살고 있는 일상에서
갖가지 생각들이 줄줄이 짚어진다
아쉽다는 반성도
아릿한 후회도
삶의 담금질이 된다

사랑도 미움도
기쁨도 슬픔도
내가 주인공이다

친구가 넷이면 딱 좋다

혼자 걷다가 문득 친구 생각이 났다. 특별히 어떤 친구의 이름이나 얼굴이 떠오르는 것도 아니었다. 가까운 친구가 곁에 있으면 추억이 담긴 옛이야기랑 오순도순 정담을 나누며 함께 걸었으면 참 좋을 것 같은 분위기가 느껴졌던 것이다.

요즘 사람들은 친구 욕심이 많다.

은퇴를 하고 적적함을 견디지 못해 이 친구 저 친구를 만난다. 서로가 추억이 있고 이런저런 관계로 얽혀 부담이 없어 언제 만나도 즐겁다.

세상을 살다 보면 이해관계가 없어지면서 가까운 친구들이 한 둘씩 곁을 떠난다. 처지가 달라도 떠나고, 정서가 달라도 떠난다. 성격이 부딪쳐도 떠나고, 취미가 달라도 떠난다. 건강 때문에 떠나기도 하고, 만남이 번거로워 떠나기도 한다.

　나이가 들면 세상을 떠나기도 한다.

　친구가 많을수록 좋다고는 하지만 친구 나름이다.

　부담스럽지 않고 정감이 번지는 친구가 넷이면 족하다.

　그 이상이면 번거롭다.

　넷이면 승용차 타기도 좋다.

　대중음식점에 가도 한 테이블에 서로 쳐다보고 앉을 수 있어 대화하기도, 술잔을 주고받기도 안성맞춤이다.

　무슨 게임을 해도 짝이 되어 딱이고, 기차를 타고 여행을 할 때도 좌석과 대화가 편하다.

　거나하게 한잔하고 '시계바늘'이라도 부르면서 어깨동무를 할 수 있어서도 좋다.

　살면서 서로 마음이 통하는 친구는 보물이다.

　성서에도 '성실한 친구는 안전한 피난처요, 그런 친구를 가진 것은 보화를 지닌 것과 같다.'고 했다.

　일상에서 '당신은 친구가 몇이나 있느냐?' 하면, '많지.' 한다. 고향친구, 학교친구, 직장친구, 사회친구를 줄줄 읊어댄다.

　잘 안다고, 친분이 두텁다고 다 친구는 아니다.

자기에게 이득이 있는 경우에만 가까이하는 친구,
만나면 자기주장이 강하고, 남의 험담만 하는 친구,
깊은 속마음을 주고받을 수 없는 친구,
내가 힘들어할 때 외면하는 친구는 진실한 친구가 아니다.

속마음을 터놓을 수 있고,
언제 만나도, 무슨 말을 해도,
즐겁고 부담이 없어야 진실한 친구다.
이런 친구가 넷이면 세상에 부러울 것이 없다.

진정한 친구가 없으면 세상이 삭막하다.
쓸쓸하고 외롭고 처량할 때도 있다.

좋은 친구가 되려면,
건강해야 한다.
몸이 아프면 친구가 되어 줄 수가 없다.
처지도 비슷해야 한다.
처지가 다르면 갈등이 생긴다.
마음을 터놓고 대화가 통해야 한다.
동문서답으로 분위기를 흐리면 신뢰가 무너진다.
성품이 모나지 않아야 한다.
모가 나면 항상 부딪친다.

베풀 줄도 알아야 한다.

받기만 하면 부담이 생긴다.

성격이 밝아야 한다.

성격이 어두우면 서로가 어색하다.

마음을 열고 있어야 한다.

마음을 닫고 있으면 정나미가 떨어진다.

취미가 같으면 더욱 좋다.

요즘 시중에 친구 관계를 현실감 있게 빗댄 유행어가 있어 웃어 넘기기에는 마음이 착잡하다.

'요즘같이 복잡하고 타산적인 세상에서 약아빠진 인간들은 친구가 아니라 그저 나 필요할 때 찾아지는 기쁨조일 뿐이야. 친구보다 더 좋은 것은 든든한 신용카드, 언제든지 마실 수 있는 술, 하루 종일 같이 붙어 다니며 나를 즐겁게 해 주는 스마트폰, 심심할 때 끝내주는 컴퓨터'란다.

친구보다 더 즐겁고, 재미나고, 편리한 도구들이 인간보다 위라니 고약한 세상이다.

인간 중심에서 기계 중심으로, 끈끈한 정보다는 편리한 도구 중심으로 세상이 바뀌었다.

이제 로봇이 인간을 대신해 줄 것이라고 한다.

세상의 변화다.

그렇다고 해도 친구는 친구다.

기계가 인간을 대신할 수는 있어도,

끈끈한 우정을 나눌 수는 없다.

절절한 친구가 그립다.

부부는 평생 짝꿍

옛 선비들은 난蘭을 가까이 두고 멋으로 즐겼다.

사시사철 청초한 잎의 푸름과 은은한 꽃향기가 선비들의 마음을 홀렸다.

난은 관리하기가 꽤 까다롭다.

물, 햇빛, 바람이 잘 어울려야 한다.

주변 환경에도 민감해서 마음먹고 관리하지 않으면 서서히 시들어 버린다. 늘 관심을 가지고 챙겨 주어야 생생한 잎과 우아한 꽃을 피운다.

난은 물을 자주 주어도, 너무 게을러도 비실거린다. 언제 물을 주어야 하는지 터득하는 데만 삼 년이 걸린다고 한다. 햇빛이 쨍쨍해도, 너무 약해도 맥을 못 추고 생기를 잃는다. 바람이 없어도 비실거리고, 센 바람에도 허덕거린다. 수시로 잎줄기를 닦아 주어야 싱싱한 난을 본다.

나도 한때는 난을 길렀었다.

여간 관심을 가지지 않으면 곧 반응을 보여 시들했다. 난을 돌볼 일상이 되지 않아 난 키우기를 그만두었다.

'무소유'로 더 널리 알려진 법정스님도 난 관리가 까다로워 난을 처분한 것이 깨달음의 동기가 되었을 정도다.

부부도 어쩌면 난과 같다.

아내는 난이고 남편은 난을 가꾸는 선비 격이다.

평소 아내에게 필요한 것은 사랑과 관심이다.

여자는 사랑과 관심을 받는 만큼 여자다워진다.

내 여자라고 함부로, 거칠게, 무관심으로 대하면 두 사람 사이에는 보이지 않는 골이 깊이 파인다.

부부 관계는 한번 금이 가면 상처가 오래 남는다.

남자들끼리 만나면 부부 관계 이야기로 화제가 되는 경우가 더러 있다.

거의가 아내와의 불편한 이야기다.

부쩍 잔소리가 많다느니,

녹음기를 튼 듯 이삼십 년 전까지 거슬러 서운했던 일들을 읊어대면서 사람을 못살게 군다느니,

사는 게 영 재미가 없다느니,

세 끼 밥 먹기가 눈치가 보인다느니,

사사건건 말꼬리를 물고 늘어진다느니,

같이 있으면 대화가 없어 답답하다느니,

한마디 하면 열 마디 받아친다느니,

대화는 무미건조하고, 따지기만 하고, 원망만 늘어놓는단다.

부부가 오래 살다 보면 좋았던 것보다 서운한 일들이 많아진다. 성격도 이해하고 받아들이기보다 공격형으로 변한다. 사소한 일로 다투다 지치고, 부부간의 애틋한 정은 온데간데없고, 관심은 멀어진다.

남자는 나이가 들면 호르몬 변화가 되면서 의기가 소침해지고, 주기보다 받기를 더 원한다고 한다.

여자는 남성호르몬이 왕성해져 성격이 거칠어지고, 목소리가 커지면서 자기주장이 강해진다고 한다.

부부가 변한 성격대로 부딪치고 보면 사사건건 바람 잘 날이 없다.

부부간에 세월이 쌓이면 역할이 바뀌어야 원만한 가정이 된다.

젊었을 때는 아내가 더 배려하고 챙겨 주었다면, 나이가 들어서는 난을 키우듯 남편이 더 챙겨 주고 관심을 가지고 양보해 주는 생활이어야 좋은 금실이 이어진다.

아내도 자기주장만을 고집한다면 은은한 향을 뿜어내는 고상한 난이 될 수 없다. 난을 손질하는 남편의 지극정성을 헤아려 남편 품에 다소곳이 안겨야 한다.

부부가 좋은 난을 가지려면 서로 간에 상처를 주지 않아야 한다. 서로가 감성의 온도를 살펴서 적당한 체온을 유지해야 한다.

어떤 경우에도 함부로 말을 하면 마음이 상한다.
싫어하는 아픈 곳을 건드려도 서운해진다.

난이 그렇듯이 부부간에도 서로의 관심과 배려와 균형이 무너지면 시들고 만다.

아내에게 불편한 남편들이여, 속만 끓이지 말고 난 화분 하나쯤 정성을 다해 키워 보면, 그 향에 취해 아내를 더 가까이하면서 삶은 한결 즐거우리라.

누가 무어라 해도 세상에서 부부만큼 편한 관계는 없다.

속담은 삶의 보약

내 서가에는 속담사전이 한 권 꽂혀 있다.

언제 들춰 보아도 고개를 끄덕인다.

속담은 우리 선조들이 긴 세월 동안 생활 경험을 통해서 얻은 절절한 삶의 교훈과 지혜를 간결한 문체로 담고 있어, 살아가면서 처세에 좋은 길잡이가 되어 준다.

우리 속담이 요즈음 젊은이들에게는 생소한 소리로 들릴지 모른다. 고리타분하고 구시대적 발상이라고 손사래를 칠 수도 있다.

살면서 온갖 풍상을 다 겪다 보면, 속담에 삶의 철학이 절절히 배어 있다는 것을 실감하게 된다.

속담은 그냥 문필가나 사상가가 만들어 낸 문장이 아니다. 표현이 속되다고 해서 그냥 웃어넘길 일도 아니다.

오랜 세월 동안 생활 체험과 지혜가 농축되어 어떤 수양서나 처세훈보다도 새겨 둘 보석 같은 명언들이다.

삶의 멋진 조언이자 나침반이다.

속담 속에는 촌철살인寸鐵殺人이 숨겨져 있다.

최근 가정이나, 학교에서 수많은 속담 중에서 교훈이 될 만한 것을 진지하게 전해 주는 사람이 없다고들 한다.

속담을 통해 삶의 힌트를 얻기도 하고, 지혜를 배우기도 한다. 짧은 한두 마디의 속담 속에 수천 마디의 명연설이나 설교보다도 더 큰 힘을 얻을 수 있는 묘방이 담겨져 있다.

흔히들 보면 속담을 자기 수양이나 자기 관리를 위한 격언으로 새기지 않고, 상대를 설득하거나 자기 의사를 전할 때 강조하는 뜻으로 인용하는 경우가 허다하다.

그도 그렇지만, 속담 속에 녹아 있는 진정한 삶의 지혜를 터득하고 몸에 익혀야 속담에 담긴 참뜻의 효험을 얻을 수 있다.

세계 각국에도 고유의 역사와 생활 문화를 배경으로 나름대로 속담이 전해져 내려온다. 그 나라의 독특한 문화와 정서를 이해하는 데도 더없이 좋은 길잡이가 되기도 한다.

가끔 인생사가 뒤숭숭할 때 속담집을 들춰 보면 간결하면서도 오묘한 은유의 표현은 그때마다 삶의 지혜가 새록새록하다.

살아오면서 밝은 삶의 길을 알려 주는 우리 속담들이 언제나 가슴에 스민다.

나를 다지고 다스리는 금쪽같은 속담을 짚어 본다.

'젊어서 고생은 사서도 한다'
'고생 끝에 낙이 온다'
'꽃에 꿀이 있어야 벌이 찾아온다'
'개구리 올챙이 적 생각을 못한다'
'벼이삭은 자랄수록 고개를 숙인다'
'구슬이 서 말이라도 꿰어야 보배다'
'큰 북에서 큰 소리 난다'
'천 리 길도 한 걸음부터다'
'소경이 개천 나무란다'
'어물전 망신은 꼴뚜기가 시킨다'
'될성부른 나무는 떡잎부터 알아본다'

나를 알고, 나를 다스리면 삶은 언제나 내 편이다.

세상을 살아가는 데 밝은 길잡이가 되는 속담을 간추려 본다.

'아는 길도 물어서 가라'

'미운 놈 떡 하나 더 준다'

'끝이 좋아야 다 좋다'

'호랑이에게 물려 가도 정신만 차리면 산다'

'개도 나갈 구멍을 보고 쫓아라'

'개도 주인을 알아본다'

'가랑비에 옷 젖는 줄 모른다'

'가는 말이 고와야 오는 말이 곱다'

'과부 사정은 과부가 안다'

'입은 거지는 얻어먹어도 벗은 거지는 못 얻어먹는다'

'입은 비뚤어져도 말은 바로 해라'

'하늘이 무너져도 솟아날 구멍이 있다'

'백지장도 맞들면 낫다'

'호랑이는 죽어서 가죽을 남기고 사람은 죽어서 이름을 남긴다'

세상을 알고, 나를 추스르면 삶은 한결 여유롭다.

살다 보면 알게 모르게 함정에 빠지거나 덫에 갇히는 수가 있다. 세상을 바로 보는 지혜가 담긴 속담들이다. 도둑맞고 문단속할 때는 이미 늦었다.

'바늘 도둑이 소 도둑 된다'
'엎질러진 물은 도로 담을 수 없다'
'세 살 버릇 여든 간다'
'열 번 찍어 안 넘어가는 나무 없다'
'간에 붙고 쓸개에 가 붙는다'
'고래 싸움에 새우 등 터진다'
'잠자는 범에게 코침 주기다'
'하룻강아지 범 무서운 줄 모른다'
'털어서 먼지 안 나는 사람 없다'
'소금 먹은 놈이 물켠다'
'소 잃고 외양간 고친다'
'설마가 사람 잡는다'
'불난 데 부채질한다'
'홧김에 서방질한다'
'뛰는 놈 위에 나는 놈이 있다'
'모난 돌이 정 맞는다'

나를 알지 못하고, 나를 다스리지 못하면 삶은 더없이 힘들어진다.

　비단 우리 속담뿐만 아니라 남의 나라 것이라도 새겨 보면 정서를 맑게 해 주는 보약이다.

속담은 건강한 삶을 위한 최고의 나침판이다.
아무리 마셔도 뒤탈이 없는 보약 중의 명약이다.

속담집을 곁에 두고 짬짬이 들춰 보면서 속담 보약을 수시로 마시는 내 삶은 나날이 생기가 돋는다.

없는 게 편한 세상

여태껏 우리는 건강도, 학력도, 직장도 있어야 안심을 한다. 재산은 많아야 하고, 지위는 높아야 대접을 받았다.

가족은 한집에서 오순도순 살았다.

부부는 신뢰와 애정이 돈독했고, 자식은 효도를 다했다. 남녀가 성년이 되면 부부가 되는 일은 당연하고, 결혼하면 자식은 꼭 있어야 했다.

자식은 많을수록 부러움을 사면서, 자식이 밑천이라는 말도 어색하지 않았다.

부부가 이혼하는 것은 그 가문의 수치로, 부끄러워 제대로 얼굴을 들고 다니지를 못했다.

지금은 세상이 많이 달라졌다.

가족은 사정 따라 뿔뿔이 헤어져 살고, 시집 장가는 뒷전이 되고 혼자 살기에 익숙해졌다.

자식이 많으면 고생이라 몰아붙이고, 부모는 재산이 많아야 자식의 관심을 받는다.

'자식이 원수다.'라는 말이 새삼스럽지도 않고, 효도는 현대판 고려장으로 변질되었다.

남녀노소는 평등주의가 판을 치고, 내가 편하면 누구도 의식하지 않고 내 마음대로다.

결혼은 불편하고, 부부도 쉽게 헤어진다.

자식이 없어도 편한 세상이다.

세상은 있어야 할 것이 없어도 잘도 굴러간다.

생활에 예의범절이 없어도, 결혼은 사랑이 없어도, 지도층은 덕망이나 자질이 없어도 아슬아슬 잘도 굴러간다.

없는 것을 두려워하지 않고 잘도 살고 있다.

고향 모임에 갔더니 누군가가 '점점 없어지는 세상'을 풍자한 자작 즉흥시를 읊었다.

'전화기는 선이 없어지고'
'자동차는 키가 없어지고'

'젊은이는 일자리가 없어지고'
'정치인은 수치심이 없어지고'
'인간관계는 친밀감이 없어지고'
'행동은 조심성이 없어지고'
'아내는 겁이 없어지고'
'교육은 가치관이 없어지고'
'젊은이들은 버릇이 없어진다'는 내용이었다.

'세상은 없어지는 것이 흐름인데, 유독 인성은 살아갈수록 삐뚤어진다'는 뼈있는 말도 덧붙였다.

현실을 익살스럽게 잘도 꼬집은 말들이다.

지금은 있는 것보다 없는 쪽에 더 익숙해지는 풍조다.

세상이 그렇게 변하고 있다.

누구의 탓도 아니다. 세상사의 흐름이다. 세속의 유행은 뿌리도 없는데 온 세상에 잘도 퍼진다.

어떤 것이 진정한 삶인지는 스스로의 몫이기는 하지만 풍자로만 받아들이기에는 가슴이 답답했다.

세상이 엄청나게 진화하면서 물질과 정신이 혼돈되고 있다. 사람도 이런 변화에 적응하여 단순화되고, 관계보다 편리 위주의 생활 문화가 몸에 익숙해졌다.

물질은 인간의 편리를 위해서 새로이 만들어지기도 하고 없어지기도 하지만, 인간성보다 편리성을 먼저 챙긴다는 것은 인간임을 포기하는 삶이다.

단란해야 할 가정이 없어지는 세상,
진정성이 있는 인간관계가 없어지는 세상,
상대를 배려하는 양심이 없어지는 세상,
더불어 사는 양보가 없어지는 세상,
내가 제일이고 다른 사람은 안중에 없는 세상,
내가 좋으면, 내가 편하면 남을 의식할 필요가 없다는 야박한 세상이 되고 말았다.

자기의 일상에 거추장스러우면 어떤 것도 받아들일 수 없는 생각과 행동이 혼란스럽다.

우리도 서양 문화를 닮아 간다.
어떤 관계이든 인간은 동등하고, 개인의 인권이 가장 우선이라는 서양 풍조가 우리 곁에 바짝 붙어 있다.

사람 사는 세상에는 인정이 넘치고 훈기가 나야 하는데 갈수록 삭막하다.
없는 것이 되레 편한 세상이 되고 있으니, 세대 간의 갈등이 세상을 어지럽게 하고 있다.

60년대 이전에 태어난 사람들이 이 세상을 떠나고 나면 세대 격차가 없어지고 서로가 불편이 없는 좋은 세상이 되려나?

지하철 가림막
시의 향연

언제부터인가 서울 지하철 가림막에 '시'가 나붙었다. 투명 유리에 하얀 글씨가 눈에 선명하게 들어온다.

종종 아무 생각 없이 읽다가 진한 느낌이 가슴에 와닿기도 한다.

역 안이 덜 붐비거나, 바쁘지 않으면 가림막 시를 찬찬히 읽는다. 새록새록 마음에 와닿는 시들이 꽤 많다. 잠깐 만에 읽는 한 편의 시가, 마치 가려진 마음의 장막을 걷어내는 끈 같기도 하다.

시제와 시구의 연결성을 연상하면서 잠시나마 내 나름의 시감에 젖기도 한다.

그림에 구상화와 추상화가 있듯이 시에도 구상 시와 추상 시가 느껴진다. 구상 시를 읽으면 마치 조물주의 최고 걸작이라는 인간의 벗은 모습을 보는 것 같아 바로 친근감이 오고, 추상 시를 읽으면 옷을 입은 모습을 보는 것 같아 외형만 보이고 옷 속의 내면을 볼 수 없어 내 나름의 온갖 사유가 혼란스럽다. 누가 말했다. 추상화를 볼 때면 복잡한 생각을 지우고 보는 느낌 그대로를 받아들이면 된다고. 시가 어디 그런가.

최근에 천상병 시인의 '요놈 요놈 요 이쁜놈' 시집에서 '난 어린애가 좋다'라는 시를 읽으면서 시인의 순박한 모습이 연상되어 혼자서 미소를 지었다.

'우리 부부에게는 어린이가 없다 / 그렇게도 소중한 / 어린이가 하나도 없다 / 그래서 난 / 동네 어린이들을 좋아하고 / 사랑한다 / 요놈! 요놈하면서 / 내가 부르면 / 어린이들은 / 환갑 나이의 날 보고 / 요놈! 요놈한다 / 어린이들은 / 보면 볼수록 좋다 / 잘 커서 큰일 해다오.'

나들이를 할 때면 지하철을 자주 이용한다.
편리하기도 하고, 출퇴근 시간대이면 수많은 사람들이 바쁘게 움직이는 모습에서 옛날 내 모습이 겹쳐지면서 삶의 현장을 온몸으로 느낀다.

지하철이 그렇게 고마울 수가 없다.

어느 방향이고 막힘이 없이 연결망이 거미줄 같다.

해외 나들이를 자주 하는 지인이 '깨끗하기와 편리성을 따진다면 우리나라 지하철이 세계 으뜸'이란다.

이왕이면 모든 지하철 가림막에 시를 써 붙여, 삶의 현장으로 바쁘게 움직이는 민초들에게 구구절절이 품은 시의 향기를 전해 받는 깜짝 선물이 되었으면 하는 생각에 빠지기도 한다.

어느 시인이 말하기를 '시는 언제나 우리의 삶을 새로이 출발하도록 자극하며, 몸속에서 울부짖는 생명의 소리'라고 했다.

마침 가림막에 쓰인 시를 읽으면서 미소를 짓고 있는 청년에게 다가가 '시가 마음에 드느냐?'고 했더니, '참 느낌이 좋아요.' 하면서 막 도착한 전철에 올랐다.

분명 그 청년은 오늘 하루가 가뿐했으리라 여겨진다.

나는 지하철을 탈 적마다 가림막에 쓰인 시 한두 편을 읽는 즐거움에 익숙해졌다.

그 시를 다시 읽고 싶으면 얼른 스마트폰을 꺼내어 촬영을 한다. 집에 와서 노트에 옮겨 쓰고, 어느 역 몇 번 승강장이라고 기록도 잊지 않는다.

틈날 적마다 읽어 보면 언제나 새롭다.

서울 지하철 6호선 한강진역(약수역 방향 1-3) 한 가림막에 쓰인 '천국'이라는 시다.

주상복합아파트 옆 / 반지하 월세방 / 나의 샹들리에 백열등
켜고 / 햇볕에 말린 뽀송한 / 이불 펴고 누워 / 펼쳐 든 새하얀
꿈 조각 / 아 ! 나의 천국

이혜림 시인의 '2010년 시민 시 선정작'이라고 소개되고 있었다.

무심코 읽었지만 가난한 현실에 절망하거나 원망하지 않고 현재의 자기를 인정하고 마음을 다잡는 시심이 아름답게 느껴졌다.

삶에 소중한 것은
순서가 없다

　얼마 전에 친구를 만났는데 뜬금없이 "자네한테 가장 소중한 것이 무엇이냐?"고 물었다. "무슨 뜻이냐?"고 했더니, "재산, 건강, 가족, 명예 등등 말이야." 한다.

　누구나 저마다 소중한 것을 가지고 있다.
　그것이 물건일 수도 있고, 금품일 경우도 있다.
　마음일 수도 있고, 약속일 수도 있다.
　그보다 더 소중한 것은 사랑일 수도 있다.
　사람에 따라서는 내 몸일 수도 있고, 가족이나 부모일 수도 있다.
　어떤 때는 명예가 될 수도 있고, 재산일 수도 있다.
　소중한 것 몇 개를 함께 가지기도 한다.

　자기가 소중한 것은 남과 비교할 수 없다.

나에게 소중한 것이 다른 사람에게는 하찮은 것일 수도 있고, 나에게는 사소하지만 상대방에게는 대단한 것도 있다.

세상을 살면서 서로가 소중한 것을 생각의 차이 때문에 갈등과 원망이 따르기도 한다.
심하게는 다투기도 하고, 적대감도 생긴다.

상대방의 소중한 것을 받고서도 외면하거나, 무심코 달라고 채근한 적이 있는지를 챙겨 보면서 처신해야 한다.

물질과 금품은 한곳에만 머물지 못하고 여기저기를 옮겨 다닌다.
마음과 정은 한번 싹트면 떠나지 못하고 그곳에 늘 달라붙어 있다.
물질과 금품이 나를 떠나면 아쉬움이 남지만, 마음과 정이 떠나면 아픔이 남는다.

여기저기서 사람을 만나 대화를 하다 보면, 인간관계의 서운함을 나눌 때가 많다.
'잘나갈 적에는 귀찮을 정도로 연락도 하고, 만남을 자주 하다가 어느 날 백수가 되니 서먹서먹해지면서 거리를 두더라.'는 세상인심을 털어놓는다.
가진 것이 시원찮거나 대접이 소홀하면 거리를 두는 것이 현실이다.

사람이 살아가는 데 소중한 것은 물질보다 따뜻한 정과 진솔한 마음이다. 물욕을 만족해도 마음이 허전하면 삶은 항상 외롭고 쓸쓸하다. 부부간, 가족 사이, 친인척, 친구, 친지, 이웃 간에 자주 경험하면서 살고 있다.

알면서도 나를 다스리지 못하는 것은 지나친 욕심 때문이다. 소중한 것은 마음속에 깊이 간직하고 두고두고 새겨야 한다.

"친구야, 세상을 살다 보면 어느 것 하나 소중하지 않은 것이 없다. 어떤 것이 제일 먼저냐는 것은 삶의 순간에 절실하게 내가 찾게 되는 것이 아니겠나."

우리의 삶은 정석이 없다.
언제든 내 마음이 가득하면 세상 살기가 즐겁다.

다투면 삶이 힘들다

세상을 살다 보면 다툴 일이 많다.

이권, 권력, 일자리, 돈, 사람, 사랑 때문에 다툰다.

다투다 보면 시시비비가 있고, 얻는 편과 잃는 편이 있게 마련이다. 승자와 패자로 갈라진다.

이기면 좋고 지면 기분이 상한다.

얻은 경우는 당연한 것으로 여기고, 빼앗긴 경우는 억울해한다.

얻으면 의기양양하고 잃으면 분통을 삭이지 못해 속을 끓인다.

승자가 되면 자기만족에 자신을 잊어버린다.

패자가 되면 상대방에 집착하면서 원망과 미움이 가슴에 맺힌다.

치열한 생존경쟁에서 살아남기 위해서는 다툼의 연속이다. 세상이 복잡해지면서 인간은 그 속에 갇혀 순수성과 진정성을 잃어버렸다. 의식의 여유로움도 없어졌다.

　야생에서는 먹이사슬로 다투지만 욕심을 부리지 않고 질서를 지킨다. 서로가 잘 사는 자연의 섭리다.

　인간의 욕심은 끝이 없다.

　어떻게 하든 내가 최고이어야 직성이 풀린다. 이해관계가 부딪치면 인정사정없이 치열하게 다툰다. 금력, 권력, 폭력, 범죄가 끼어들기도 한다.

　자연 생태계에서 벌어지는 정글의 법칙은 강자 지배 법칙이지만 상대를 멸종시키는 것이 아니고 공생하는 질서이다. 인간의 생존 투쟁은 무조건 상대를 없애 버리는 멸종의 법칙이다.

　이기려고 버티다 보면 결국에는 내가 상한다.

　매사는 순리대로 풀어야 한다.

　순리를 거스르면 휘어지거나 부러진다.

　일상에서 순리는 진솔한 마음이다.

　상대에게 마음을 열고, 약속을 지키고, 존중하면서 상처를 주지 말아야 한다.

　상대를 교묘하게 이용하거나, 두 마음으로 이기적인 생각을 버려야 한다.

다툼에 익숙한 사람은 눈이 맑지 않다.

눈동자를 한곳에 멈추지 못하고 항상 상대방의 눈치를 살피고, 이야기를 귀담아듣지도 않는다.

말을 하고서도 무슨 말을 했는지 스스로도 알지 못한다. 거짓말을 쉽게 한다. 언제 들통이 날지 몰라서 항상 불안 초조로 스트레스가 쌓인다.

나만 살기 위해서, 더 잘살기 위해서 상대를 짓밟고 일어선다는 것은 비굴한 짓이다. 나쁜 결과를 스스로 찾아가는 꼴이다. 적은 것을 탐하다 일생을 망친다. 스스로 독을 마시는 격이다.

내가 편하고 득이 되면 수단과 방법을 가리지 않고 무엇이든 할 수 있다는 의식이 마음속에 도사리고 있는 한 상대를 무시하고 피해를 줄 수밖에 없다.

속이고, 밀치고, 버리고, 억압하고, 고통 주고, 공격을 함부로 한다.

'나는 어떻게 살아왔고, 지금은 어떻게 살고 있는지?'를 한 번쯤은 차분히 되돌아보고 챙겨 보는 것도 삶에 활기를 가져오게 하는 좋은 계기가 된다.

나로 인하여 고통받거나 불편을 겪은 상대가 있다면 용서를 구해야 한다. 나를 양보하고 낮춘다면 더 좋은 인간관계가 이루어진다.

상대를 이해하고, 실수를 다독여 주고, 작은 배려에도 감사하면서 사는 방법을 터득한다면 세상은 온통 내 편이 된다.

설령 상대에게서 서운한 일이 있어도 입장을 바꾸어 '내가 그 입장이 되었다면 나는 어떻게 했을까?'를 한 번쯤 생각하고, 그래도 이해가 안 되면 '나도 그랬을 것이다.' 하고 마음을 추스르면 편해진다.

세상을 살면서 잘된 것은 상대방 탓이고 잘못된 것은 내 탓이라고 받아들이면 세상에 다툴 일이 없다.

내 분수에 맞는 욕심만 가지면 그것으로 만족해야 한다.

참 어렵기는 해도 내가 잘 사는 가장 현명한 처신이다. 살면서 다투는 것만큼 바보짓은 없다.

하기 힘들다고 거부하면 삶은 정말 힘들어진다.

사랑은 요술

사람 사이의 사랑은 약속어음이다.
언제 부도가 날지 예정이 없다.
항상 불안하다.

30여 년 전에 주례를 서 주었던 후배를 만났다.
'지금도 잘 살고 있느냐?'고 했더니, 5년 전에 이혼을 했단다. 20년 넘게 살아 보니 서로 간에 뜻이 맞지 않아 계속 충돌을 하다가 결국 헤어졌다고 한다.
주례 때 '검은 머리가 파뿌리 될 때까지 서로 사랑하면서 살겠다.' 굳게 약속을 했는데…….

세상에서 제일 감동적이고 아름다운 것은 사랑이다.
자연 사랑, 사람 사랑, 동물 사랑, 종교 사랑이 가슴에 깊이 새겨진다.

사랑은 주기도 하고 받기도 한다.
사랑은 일방통행일 때가 가장 아름답다.
쌍방일 때면 자칫 거래가 되기 때문이다.
사랑은 반대급부를 기대해서는 안 된다.

자연, 동물, 종교에 대한 사랑은 일방적이다.
주는 것으로 행복감을 느끼고 마음의 안정을 얻는다.

사람 사이의 사랑은 서로 주고받기를 바란다.
거래나 계산은 아니지만 일방적일 때 갈등을 느낀다.
가족 간, 부부간, 이웃간, 친구 간, 동료 간, 이성 간 사랑은 순수
하고 정이 흘러야 하는데 알게 모르게 계산이 깔린다.

상대가 마음에 들지 않아 따지기도 하고, 자기 기분대로 다루기
도 한다. 사랑을 주기도, 뺏기도, 뭉개 버리기도 한다. 받기만을 원
하기도 한다. 원칙이나 기준이 있는 것도 아니다. 자기 위주다. 자
기 생각으로 판단한다. 상대방은 전혀 안중에 없는 경우도 있다.
처음은 순수한데 시간이 지나면서 변하기도 한다.

사랑은 사랑 그 자체다.
사랑은 조건이 없다.
사랑은 순수하다.

사랑은 아름다운 것이다.
사랑은 이해관계가 없다.
사랑은 따지지 않는다.

사람들은 사랑을 온갖 무지갯빛으로 찬미한다.

'천사의 포옹이다.'
'언 마음을 녹여 주고, 허물을 감싸 준다.'
'지상의 천국이다.'
'최고의 향기고, 즐거움의 극치다.'
'최상의 성찬이며, 모든 것을 초월한다.'
'순정의 불이며, 행복의 온실이다.'
'나의 신이다.'

그런데도 세상에는 사랑 때문에 복잡한 경우가 많다.
울기도, 미워도, 증오도 한다.
복수를 하고, 죽기도, 죽이기도 한다.

사랑이 때로는 비참하다.
섬뜩한 표현들이 가슴을 짓누른다.

'사람을 짐승으로 만든다.'

'교전의 일종이다.'

'폭군이며, 악마의 불이다.'

'증오의 시작이며, 지상의 지옥이다.'

'환상이며, 미움의 시작이다.'

'방황과 허무의 둥지다.'

사랑은 인정일 수도 있고, 우정일 수도 있고, 애정일 수도 있다.

사람 사이의 사랑은 생활과 밀착한다.

생활은 현실이다. 사랑이 마음에서 둥지를 틀고 현실과 부딪치다 보면 사랑은 희미해지고 현실만 보인다.

사랑이 현실을 만들 수 없지만, 현실은 사랑을 만들 수 있다. 사랑은 살아 숨 쉬는 생물이다.

사랑이 현실을 맛보면 현실에 안주한다.

사랑을 소재로 한 많은 예술작품도 사랑의 변화무쌍함을 잘 그려 내고 있다.

사랑은 사람마다 그 느낌이 다르다.

진정한 사랑은 넓이와 깊이를 헤아릴 수 없다. 그런데도 사람들은 사랑에 욕심을 부린다. 사람들은 사랑하는 사람에게서 자기가 필요한 모든 것을 다 얻어야 한다고 여기며 산다.

자기 기대에 미치지 못하면 서운해하고 안절부절한다. 사랑이 식었다고 몸부림친다. 상대를 미워하고 증오로 돌아서거나 헤어진다.

엄청난 고통과 갈등을 안고 열병을 앓는다. 끝내는 죽음으로 끝장을 내기도 한다.

사랑은 죽음의 시작이라는 말도 이 때문이다.

진실한 사랑을 오래하려면 서로 마주 보고 상대방의 마음속을 헤아리기보다 함께 한 방향을 쳐다보면서 욕심을 거두어야 한다.

사랑 굿판

　많은 남녀가 살아가면서 한 번쯤은 사랑 때문에 물불을 가리지
않는다.
　때로는 그리움에,
　때로는 괴로움에,
　마음을 끓인다.

　내 마음에 담긴 사랑 굿판을 펼쳐 본다.

　'세상에서 사랑만큼
　더 마음 흔드는 거
　더 보고픈 거
　더 주고픈 거
　더 허물없는 거

더 기다려지는 거
또 있으랴.

세상에서 사랑만큼
더 잔인한 거
더 아린 거
더 매몰찬 거
더 탐내는 거
더 눈물 흘린 거

또 있으랴.

사랑은
떨며 와서 떠나는
바람이어라.

무지개가 숨겨진
구름이어라.

안기는 듯 치받치는
물이어라.

사랑은
활활 타면서 재가 되는
불꽃이어라.

웃으면서 울면서 깨어난
꿈이어라.

사랑은 사랑이어라.'

사랑 병을 한번 앓고 나면 세상은 허허롭다.
진한 사랑은 평생에 딱 한 번이다.

나는 '메디슨 카운티의 다리' 소설에서 진솔한 사랑을 읽고 몹시
취했다.
지금도 적적할 때면 '메디슨 카운티의 다리'를 읽고, DVD에 담
긴 영화를 감상한다.

'운명적 만남인 중년 남녀가 뒤늦게 찾아온 생애 단 한 번의 사랑
으로 3박 4일을 함께 보내고, 서로가 생을 마감할 때까지 추억과 그
리움을 가슴에 담고 산, 그러면서도 죽어선 다시 만나는 영혼이 불탄
절절한 서정이 진하게 다가와서 언제나 잔잔한 감동을 느낀다.'

황혼 백수의 독백

'요즈음 어떻게 지내십니까.'
'그저 잘 지내고 있지요.'
세간에 힘 빠진 백수들이 흔히 주고받는 인사치레다.

인간의 천수는 120세라는 것이 의학의 주장이다.
과학의 발달과 풍요로운 생활환경은, 질병에 걸리지 않고 건강
을 잘 유지하면 백 살도 무난하다는 희망을 주고 있다.
70세에 노인 대접을 하면 서운해한다.
환갑은 옛말이 되었다.

노령 인구가 해마다 늘어난다고 세상이 시끄럽다.
생산인구가 줄어들고 복지인구가 늘어난다는 사회적 부담 때문
이다.

정책적인 대안은 보이지 않고, 산술적인 타산만 앞선다.

어떤 여건에서 오래 사는 것이 바람직한지는 저마다 생각이 분분하다.

하루가 다르게 변하는 삶의 터전은 50대가 되면 직장에서 떨려나 백수로 처진다.

인생의 황금기에는 사회적 역할과 맡은 일에 열중하면서 성취와 보람으로 세월을 넘긴다.

그러다 퇴출이라는 생벼락을 맞고 천 길 벼랑에 매달린다.

만년의 삶을 어떻게 추슬러야 할지 세월이 두렵기조차 하다. 초조 불안이 가슴을 짓누른다. 건강도 지켜야 하고, 어렵지 않게 생활도 해야 하고, 심심찮게 소일거리도 있어야 한다.

건강해도 사는 것이 어려우면 삶이 고달프다.

씀씀이가 넉넉해도 건강을 잃으면 삶이 우울해진다.

건강과 재물이 있어도 삶의 즐거움이나 재미가 없으면 하루하루가 지루하다.

불안과 스트레스가 황혼 백수의 천적이다.

예부터 사람은 오복(壽, 富, 康寧, 攸好德, 考終命)을 지녀야 삶의 축복이라고 했다. 하지만 오복을 갖추고 사는 사람을 찾기는 어렵다.

백수가 되면 그날부터 복福 타령이다.

'내 복이 이것밖에 안 되나?' 하고, 어깨가 처진다.

얼마 전 갓 퇴직한 한 지인을 만났더니 어렵사리 말을 던졌다.
"가진 것이 줄어들고 인정들이 멀어지니 서글픔이 눈앞을 가린다.
조직의 틀 속에서 길들여져 살다가 간섭이 사라진 자유인이 되니
입은 옷을 벗은 양 허전하고 두렵기까지 하다. 백수로 산다는 어수
선한 생각들이 밤잠을 설치게 한다."

삶에는 정답이 없다.
'백수의 삶은 백 가지 수를 찾아야 한다'라는 우스개가 있다.
바쁠 것도 없다.
초조할 것도 없다.
세상사 허덕인다고 풀리지 않는다.
건강을 다지고, 재물이 빈약하면 분수대로 살면 삶에 여유가 담
긴다. 부지런히 사는 것도 별미고, 베풀기도 하고, 살기가 힘든 사
람을 챙겨 주어도 살맛을 돋운다.

지난 세월에 당당하던 때를 저만치 밀쳐 두어야 삶이 편하다. 인
생 후반은 가파른 계곡의 급류 같다. 하루는 금방이고, 일 년은 코
앞이다.

일 년, 십 년을 헤아리지 말고 오늘을 열심히 사는 것이 만년의 푸근한 삶의 지혜이다.

현재, 이 순간이 소중하다. 순간이 연속되면 세월로 엮인다.

오늘만 살고 말 것 같은 진지함이 황혼 백수의 오기 어린 매력이다.

나이 들어서는 일, 성공, 명예를 미련 없이 놓아야 삶이 편하다. 욕심, 근심, 걱정, 체면, 원망을 모두 버려야 마음이 푸근하다. 남과 비교하지도, 부러워하지도, 시기하지도 말아야 삶이 밝아진다.

이승에도 천국과 지옥은 있다.

바로 내 마음속에 있다.

천국과 지옥은 내가 선택한다.

허튼 욕심을 비우고, 마음을 열면 저만치 천국이 보인다.

따뜻한 정이 감겨지는 가족,

흉허물 없이 정담을 나눌 수 있는 친구,

재미가 쏠쏠한 소일거리,

매사에 감사하고 감동하는 삶이 더해지면 이 세상이 바로 천국이다.

질병이 없도록 건강을 지키는 것은 삶의 최고 가치다. 병들어 허우적거리면 살고 있는 것이 한없이 지겹다.

　일출의 해오름도 찬란하고, 한낮의 강렬한 태양도 만물의 생명
력이지만, 해넘이도 찬란하다. 불덩이를 안고 저 멀리 서산으로 빠
지는 해를 바라보면 온 가슴은 황홀경에 매혹된다.

　황혼 백수를 안고 확 트인 들판이나 숲이 우거진 산길을 걸어
보자.
　그 아늑함과 포근함은 또 다른 삶의 맛을 안겨 준다. 넓은 들, 높
은 산, 깊은 계곡마다 자연이 펼쳐 놓은 파노라마는 찬탄과 감동의
대서사시이다.

　얼마 전, 지리산 칠선계곡 산행 때다.

눈이 다 시원한 울창한 5월의 연녹색 숲,
만 가지 산야초가 새봄을 맞아 뿜어내는 향기,
두루뭉술한 온갖 모양의 바위로 뒤엉킨 협곡,
온 산을 씻어 거침없이 흘러내리는 맑은 물,
군데군데 물을 안고 빙빙 돌며 흥얼거리는 웅덩이,
급경사로 물이 곤두박질치는 크고 작은 폭포,
가파른 산등성이를 올라타고 떠 있는 솜구름,
그 진경珍景 속을 사부작사부작 걸으면서

'아! 좋다!'는 기분에만 홀려
세상사 번뇌가 사라지고,
그저 무아경이었다.

'백수들이여,
바쁠 것 없이,
넉넉함을 가슴에 담고,
마음 가는 대로,
몸 가는 대로,
판을 벌이면, 그곳이 바로 무릉도원이지요.'

사랑스런 원수

부부는 만나면서 원앙인데, 살면서 원수로 변한다고 사람들이 곧잘 입방아를 찧는다.

부부는 피할 수 없는 인연이고, 한평생 가장 편한 삶의 동반자다. 이 세상에서 누구보다 가깝고, 허물이 없는 사이다. 오순도순, 아기자기하게 살아가는 부부는 천생연분이고, 금실이 좋다고 한다.
부부 모두가 바란다.

그런데도 '부부는 전생의 원수가 만났느니,
돌아누우면 남이라느니,
연애할 때는 꽃피는 봄이었는데 결혼하자마자 이미 겨울이 되었느니,'
한숨 소리를 자주 듣는다.

안타깝다.

세태가 변하면서 결혼을 기피한 독신자가 늘고 있지만, 부부는 가장 안정된 인간관계의 결합이다.

아내는 밭이고 남편은 씨앗이라 했듯이 부부는 서로가 꼭 필요한 존재다.

남편과 아내는 부부 이전에 남자와 여자의 처지다.

좀 더 원시적으로 보면 남자는 수컷이고, 여자는 암컷이다. 서로가 성품이 다르고, 역할도 각각이다.

동물적인 환경에서 문화적인 세상으로 진보하는 동안 치열한 삶의 광장에 서로 간의 개성이 뚜렷해졌다.

부부 관계도 이 속에서 만남이었으니 서로를 이해하면서 받아들이는 지혜가 천생배필의 끈이다.

남자는 목표 성취에 몰두하고, 여자는 자기 주변과의 관계에 신경을 쓴다.

남자는 일의 결과에 관심이 많고, 여자는 일의 시작에 관심이 많다.

남자는 생각이 단순하고, 여자는 생각이 복잡하다.

남자는 몸을 중요하게 여기고, 여자는 마음을 중요하게 생각한다.

남자는 도움을 주는 데 인색하고, 여자는 도움 받는 것을 좋아한다.

남자는 싫은 소리를 들으면 참지를 못하고, 여자는 못 볼 것을 보면 참지를 못한다.

남자는 복종받는 것을 좋아하고, 여자는 사랑받는 것을 좋아한다.

남자는 화를 내면서 자기를 보호하고, 여자는 눈물을 흘리면서 자기를 보호한다.

남자는 시각에 민감하고, 여자는 촉각에 민감하다.

남자는 누구로부터 인정받는 것과 신뢰와 칭찬 받기를 좋아하고, 여자는 배려와 관심 받기를 좋아한다.

남자는 의심이 많고, 여자는 질투심이 강하다.

남자는 허풍이 심하고, 여자는 수다가 심하다.

남자는 현재를 강조하고, 여자는 과거에 매달린다.

남자는 단순 무지하고, 여자는 복잡 무식하다.

남자는 결혼을 독신생활의 끝이라고 생각하고, 여자는 생활의 시작이라고 생각한다.

남자에게 성은 쾌락이 목적이고, 여자에게는 정서적 친밀감이 먼저다.

남자는 여자를 너무 모르고, 여자는 남자를 너무 이해하지 못한다.

남자는 거짓에 능숙하고, 여자는 변명에 능숙하다.

남자는 자기중심의 독선형이고, 여자는 자기중심의 외골수형이다.

남자는 자기 잘못을 인정하려 하지 않고. 여자는 상대방의 잘못을 오래 기억한다.

남자는 나이가 들수록 일(직업)에서 멀어져 여성화되어 외로움을 타 방황을 하고, 여자는 가정에서 역할이 끝나면서 남성화되어 거칠고 과격해진다.

부부는 서로가 상대방의 개성과 특성을 이해하고 친밀감을 다져 나가면 내외간의 아름다운 관계는 평생토록 백년해로할 것인데, 그러지를 못하니 역시 부부는 평생 우환이다.

'무슨 원수가 맺혀서 부부가 되었는지, 자다가도 긴장감에 무의식적으로 뻘떡 일어난다.'는 어느 부부의 한탄을 들어 보면, 가장 잘 알아야 할 상대방의 본성은 외면한 채, 자기만의 성질만 부리다가는 처음 만났을 때의 원앙이 이제는 원수로 보일 수밖에 없다.

'원수를 사랑하라.'

성경에도 있지만 부부간에는 가슴 깊이 새겨 두고 실천해야 할 금쪽같은 말이다.

서로가 다가가는 부부의 끈을 당기면, 평생 동안 금실 좋은 부부로 거듭나는 처방이다.

평생 동반자

내 주변에는 어떤 관계이든 사람이 있다.

사람은 태어나면서부터 관계를 맺고, 관계 속에서 살다가 죽으면서 관계를 마감한다.

가족, 친인척, 이웃, 교우, 친구, 동창, 직장 동료, 상사와 부하, 사업, 거래 관계로 씨줄 날줄이 엮이어져 세상을 살아간다.

좋은 관계는 삶이 편하고, 나쁜 관계는 삶이 힘들다.

살면서 사람 관계가 끊어지면 불안해하고 어쩔 줄을 모른다.

사람 관계는 맺어 주는 끈이 있다.

나한테 이익이 되어야, 나한테 도움이 되어야 하는 끈이다.

내가 필요로 할 때 찾게 되는 끈을 놓치거나 그 끈이 끊어지면

관계는 끝장이다. 심하면 의절하거나 적으로 돌아설 수도 있다. 부모 형제간에도 이 끈은 연결되어 있다.

나에게 소득이 있어야 관계가 이어지는 것이 현실이다. 관계가 단절되는 것은 말이 필요 없고 행동으로 보인다.
이제 인간관계는 거래로 변질되었다.
거래가 성립되지 않으면 외면해 버린다.
귀찮게 여긴다.
손사래를 쳐 버린다.

백수白叟들을 만나 보면 하나같이 세월이 지날수록 그 많던 인간관계가 슬슬 자취를 감추고 연락이 뜸하다고 아쉬워한다.

중병 중에 있는 부모도 가진 재산이 있어야 자식이 관심을 갖는 세상이다. 손자도 할아비가 용돈을 잘 주어야 가까이하고, 못 주면 멀어진단다.
남녀 관계도 돈이 있어야 끈끈하다.
사업하는 사람은 돈질을 해야 관계 유지가 된다.
친인척도 잘살아야 내왕이 있다.

'돈이면 다냐?'고 하지만 인간관계의 끈이 먹이라면 놀랄 것도 없다. 벌이 꽃을 찾는 것은 꽃에 꿀이 있기 때문이다. 꿀이 없는 꽃에 벌이 갈 리가 없다.

　나한테 먹이가 있을 때 곁에 있던 사람은, 그 먹이가 없어지면 내 곁을 떠난다.

　세상은 정보다 먹이를 더 좋아하는 형편이 되고 말았다. 정이 꿀로 보이지 않는 인간들이 문제다.

　원래 인간의 꿀은 정情이다.

　정은 먹이가 아니고 가슴에 품고 있는 맑은 샘물이다. 언제 퍼마셔도 마르지 않는 꿀샘이다.

　먹이가 있든 없든 내 곁에 있는 사람, 내가 힘들 때, 어려울 때, 괴로울 때, 외로울 때 진정으로 나와 함께할 사람은 내 안에 보이지 않은 또 다른 나뿐이다.

　죽을 때까지 나와 함께할 또 다른 나를 보듬고 세상을 원망하거나 실망하지도 말고, 남을 탓하지 않는 도량度量을 키워야 한다.

　나 스스로를 사랑하고, 나를 다스리고, 나를 아끼면서, 정에 목마른 사람에게 정 주고 살면 내 삶도 편안하고 행복이 안겨 온다.

　내가 있으니 세상이 있고, 내가 없으면 세상도 없다.

　'세상에 믿을 사람 없네.'라고 탄식을 하기 전에, 세상에 믿을 수 있는 내 안의 나를 사랑하면 삶은 천국이다.

미워도, 싫어도 평생 나와 함께할 사람, 죽을 때도 같이 갈 사람
은 바로 나다.

내가 나를 사랑해야 다른 사람을 사랑할 수 있다.

나를 사랑하지 않고 남을 사랑하는 것은 짝사랑이다.

짝사랑은 언젠가 상처를 받는다.

내가 나를 사랑해야 세상을 사랑할 수 있는 밝고 맑은 눈이 뜨
인다.

화를 다스려야
내가 산다

사람이 화를 내면 생리적으로 몸에 나쁜 반응을 일으킨다. 화는 혈압을 높이고 심장을 압박한다고 한다.

살다 보면 화나는 경우가 많다.

화가 난다고 되받아치면 간이 상한다.

바둑 수에 '아생연후살타雅生然後殺他'가 있다. 먼저 내가 살아야 상대를 잡는다는 바둑 격언이다.

우리의 삶도 마찬가지다.

우선 내가 살고 봐야지 내가 죽는 수를 두는 것은 꼼수다. 화를 화로 풀면 불에 기름을 끼얹는 격이다. 먼저 내가 상하고, 주위를 엄청나게 불편하게 만든다.

화는 심리적 자극에 대한 신경 반응 본능이다.

본능을 억제하기에는 상당한 수양이 필요하다.

보통 사람이 화를 삭이기는 참 어렵다.

나도 집에서는 화를 잘 다스리지 못한다.

지나고 보면 별것 아닌데 그걸 못 참아 졸장부가 된다. 가끔 아내로부터 '집안 똑똑이, 나간 바보'라고 놀림을 당하기도 한다.

어느 봄날 정류장에서 버스를 기다리는데, 한 중년 여인이 길을 가다 중학교 담장에 활짝 핀 장미꽃을 꺾고 있는 걸 보고, "무엇을 하려고 꽃을 꺾느냐?"고 했더니, "집에 가서 화병에 꽂으려 한다."고 했다.

아름다움에 빠진 순수한 마음이겠지만, 소유와 공중도덕 개념을 대수롭지 않게 여기는 오늘의 우리를 보는 듯하여 은근히 화가 치밀었다.

'달리는 차창 밖으로 던져지는 담배꽁초'

'길거리나 공원에 마구 버려진 휴지'

'인도로 헤집고 달리는 오토바이'

'담벼락에 덕지덕지 붙어 있는 광고'

'보행자 우선 길에 경적 울리는 자동차'

지키면 바보가 되고 운이 없으면 벌 받는 오늘의 실상이 씁쓸하기만 하다.

그냥 못 본 척, 모른 척하면 될 텐데도 속이 끓는다.

어디 이뿐이랴.

'유명 인사들이 빤한 거짓말을 천연스럽게 하는 것'
'땀 흘려 낸 세금을 공돈 쓰듯 하는 것'
'선거 때면 허리가 꺾어지다가 당선되면 빳빳한 것'
'온갖 비리 부정에 정신 팔고 있는 것'을 보면 은근히 화가 난다.

별것 아닌데도 시시콜콜 따지고 덤비는 남편과 아내도 화의 온상이다.

우선 나부터 다른 사람이 화날 짓을 하지 않아야 한다. 내가 싫은 것은 다른 사람도 싫은 것이다.
일상에서 무심코 한 행동이 남을 화나게 할 수도 있다.

화는 마음의 불이기도 하다.
불이 나면 감당이 안 된다.
쉽게 끌 수도 있지만 불길이 거세지면 모든 게 재로 변할 수도 있다.
화가 나면 간에서 열이 난다.
간에 열이 나면 피가 솟구친다.

화는 내 심장에 꽂히는 형체가 없는 독침이다. 화를 내면 상대는 멀쩡한데 나만 독침을 맞는 격이다.

화는 뿜기보다 풀어야 한다.

뿜으면 독이 되고, 참으면 병이 된다.

화를 내는 것은 본능이지만 화를 다스리는 것은 내 의지다. 불을 가슴에 담고 있으면 오장육부에 상처가 생긴다.

화난다고 바로 대응하기보다 너그럽게 받아들이면 여유가 생기고 마음이 편안해진다.

말은 쉬운데 실천은 하늘의 별 따기다.

화가 치밀면 참자! 참자! 참자! 그래도 안 되면 또 참자!

내가 편해야 세상이 밝아 보인다.

내가 살아야 세상도 있다.

속칭 '마당발'

흔히 오지랖이 넓어 여기저기에 모르는 사람이 없을 정도로 사교의 달인을 두고 '마당발'이라고 한다.

여러 모임에서 보면 바쁘게 돌아치면서 연신 미소를 머금고 사람 사이를 헤집고 다닌다. 인사를 건네고 명함을 주고받는다. 길흉사에는 빠지지 않고 축하와 조의를 표하고 눈도장을 찍는다.

종친회, 동창회, 향우회, 동우회, 동호회, 동지회, 동갑계는 반드시 찾아가는 필수 코스다.

스마트폰, 컴퓨터에는 수백, 수천의 명함과 메모를 입력해 두고 수시로 안부를 묻고, 관심을 보낸다. 몸이 열 개라도 모자랄 판이다.

밤이 되면 파김치가 되어 널브러진다. 스트레스가 쌓이고, 잠자리는 비몽사몽이다.

그 속마음을 들여다보면 오장육부를 집에다 두고 죽기 살기로 상대방에게 맞장구와 비위를 맞추어야 하는 고달픈 삶이다.

오로지 살아남기 위해서, 남보다 더 돋보이기 위해서, 아쉬울 때 도움을 받기 위해서 본심과 개성을 숨기고 힘들게 살고 있다.

일상생활은 사람과 사람의 관계에서 이루어진다.

가정에는 가족 간에 관계가 있다. 친인척도 있다. 학교로는 스승, 선후배, 동기가 어떤 형태로든 관계를 가진다. 직장에서는 상사와 동료끼리 관계를 가진다. 사회의 여러 분야에서는 서로의 이해와 연관하여 씨줄 날줄로 엮어지고 연고의 씨가 심어진다.

최근에 인맥이 만병통치 방망이처럼 요술을 부리면서 속칭 인맥의 달인인 마당발이 세상을 떠들썩하게 하고 있다.

혈연, 학연, 지연, 직연職緣을 내세워 연고가 최고라면서 각종 선거, 취업, 이권은 물론이고 뇌물거래, 부패, 부당인사의 연결고리로 세상은 중병을 앓고 있다.

인맥은 연고자끼리 관심을 가지고, 이왕이면 챙겨 주고, 도와주는 인간적인 유대관계로 시작되었지만 세상이 혼탁해지면서 엉뚱한 방향으로 흐르고 있다.

'출세하려면 줄을 잘 서야 한다.'

'승진하려면 속칭 빽(background)이 있어야 한다.'
'취업하려면 든든한 연줄이 있어야 한다.'
'사업이 번창하려면 뒤를 돌보아 주는 사람이 있어야 한다.'

이런 틈을 비집고 마당발이 끼어든다.

마당발이 고개를 내밀면 무언가 거래가 이루어져야 보증수표가 될 수 있다. 만일 보증수표가 부실한 약속어음으로 들통이 나면 이를 악물고 배신을 한다.

만천하에 폭로하면서 붙잡은 끈에 불을 지핀다.

왕왕 잘못된 인맥이 세상을 시끄럽게 한다.

어떤 인맥도 쓸모가 없어지면 서로의 관계가 희미해지다가 끊어진다. 인맥은 이익관계가 동반한 먹이사슬일 뿐이다. 꽃에 꿀이 없어지면 나비가 찾지 않는 이치다.

인간관계는 참 묘해서 마약과 같다.

알면서도 당하고, 몰라서도 속는다. 인연을 빌미로, 흑심이 담긴 친교를 내 사람, 내 편으로 쉽게 생각하면 낭패를 당한다.

마당발은 작은 것을 주고 큰 것을 얻겠다는 얄팍한 계산과 꼼수가 숨겨져 있다. 자기 분수를 모르고 세속에 허우적거리다 보면 추한 그물 속에 갇히게 된다.

'마당발'이나 '인맥'을 보약이라고 함부로 가까이하면 자칫 독약을 들이켠다.

약은 처신이 결국에는 나를 망친다.

불감증 세상

감각이 둔한 증세를 불감증이라 하는데 흔히들 성생활에서 성적 만족을 느끼지 못하는 경우를 떠올린다.

성 불감증은 성기능이 무딘 비정상적인 신체 조건이다. 어느 한쪽이 교접을 만족하지 못하면 문제를 일으킨다. 그로 인한 불만은 언제이고 터질 가능성이 짙다.

부부간이라면 충돌, 별거, 이혼까지도 이어진다.
그 부작용이 폭발하면 가정은 하루아침에 무너진다.
가정은 사회의 축소판이다.
가정이 원만해야 사회관계도 건강해진다.

최근 우리 주변에는 사회적 불감증 때문에 세상이 뒤숭숭하다.

만나는 사람마다 '세상이 왜 이 모양이냐?'고 걱정인지 비아냥 거림인지 분간하기조차 성가시다.

예절이 사라진 '도덕 불감증'
위험이 눈앞에 보이는데도 무심한 '안전 불감증'
법은 있으나 마나 한 '준법 불감증'
나 편하면 제일이라는 '질서 불감증'
혼족, 혼식, 혼졸이 유행하는 '가족 불감증'
백성이 무시당하는 '정치 불감증'
돈이면 만사가 해결되는 '뇌물 불감증'
소득이 되면 양심은 버려도 된다는 '먹이 불감증'

요즘 부쩍 자식이 부모를, 부모가 자식을 상대로 한 범죄가 어쭙잖게 발생하고 있다,
여러 대형 사고가 세상을 놀라게 한다.
비리와 부정이 썩은 냄새를 풍긴다.
나에게 이득이 되면 무슨 짓이라도 마다 않고 우선 저지르고 본다.

선악 판별력도 없고, 들끓는 여론도 아랑곳없다.
윤리나 공사公私의 변별력도 없다.
어디를 가나 시끄럽기만 하고, 바로잡겠다는 밝은 눈은 보이지를 않는다.

도덕은 만 사람의 인격 척도다.

대인관계에서 도덕관념이 무너지면 인류가 무너지고 폐단이 판을 친다.

법은 사회의 안전망이다.

법이 지켜져야 내가 보호를 받는다.

일상생활에서 법규를 위반하면 신분이나 능력의 차별 없이 처벌을 받게 해야 세상이 건강하다.

질서는 서로 간의 존중과 편리다.

질서가 무너지면 세상은 온통 혼란 속에 빠진다.

가족은 가장 든든한 혈맹이다.

어떤 경우에도 천륜이 지켜져야 한다.

가족 관계가 멀어지면 설 자리가 없어진다.

정치는 민중의 삶이 풍요롭게 방석을 깔아 주어야 한다. 백성이 정치를 외면하면 사회는 분탕질로 민심이 떠난다.

뇌물은 부정을 거래하는 독약이다.

뇌물이 판을 치면 정의는 숨어 버리고, 세상은 썩은 냄새가 진동하여 서 있을 곳이 없어진다.

사람은 저마다 맡은 역할이 있다.

소임을 외면하고 엉뚱한 곳에 관심을 쏟으면 인성은 망가진다. 곳곳에 부작용이 뒤엉켜 세상은 온통 쑥대밭이 된다.

정상적인 사람은 보편적인 상식과 가치에 따르고 안정을 찾는다. 그러나 사회가 희망이 없어지고 혼탁하면 온갖 불감증이 널리 퍼져 많은 사람을 불편하게 한다.

불감증이 없는 사회가 건강한 세상이다.

어떤 형태의 불감증이든 불감증에 마취되면 인간이기를 포기하고 삶의 의미를 상실한 것이다.

혼자만의 비극이 아니다.

가족과 세상 전체의 절망이다.

세상사 불감증 증후군이 전염병처럼 번지고 있다.

한번 감염이 되면 치유가 어렵다.

사회병리현상은 예방이 최선의 방책이다.

안정된 사회, 건강한 사회는 우리 모두의 바람이다.

'어쩌다 세상이 이 모양이 됐느냐?'고 헛웃음을 보낼 것이 아니라 나부터 불감증에 빠지지 않도록 마음을 다잡고 반성과 희망의 불을 지펴야 한다.

내가 반듯하게 잘 살아야 세상이 밝아 보인다.

만나고 싶은 사람

세상을 살다 보면 많은 사람을 만난다.

인연이 닿아서 만나기도 하고, 어쩔 수 없이 만나기도 한다. 한 번 만나도 또 만나고 싶은 사람이 있고, 다시는 만나고 싶지 않은 사람도 있다.

어느 날 밤, 잠이 오지 않아 엎치락뒤치락하다 '사람이면 다 사람인가. 사람다운 사람이 사람이지.'라는 말이 문뜩 생각났다. 어떤 사람을 염두에 두고 하는 말인지 새삼스레 궁금했다.

어둠에 마음의 칠판을 걸어 두고 하얀 글씨로 떠올려 본다.

제일 먼저 아름다운 추억이 쌓여 있는 사람이 보고 싶었다. 어디서, 무엇을 하고, 어떻게 지내는지 소식이 뜸한 얼굴들이 스쳤다.

추억 속에는 온갖 사연들이 엉키어 있다.

혹여 나로 인해 상처를 받은 사람이 있는지를 더듬어 보기도 한다.

이해관계를 따지지 않고 순수하게 만나진 사람이 열 손가락 안이었다. 살면서 그 많은 사람을 알고 지냈는데 만나 보고 싶은 사람이 의외로 적다는 데 새삼 놀랐다.

반드시 보고 싶고, 만나고 싶은 사람이 많아야 잘 산 것은 아니지만 어쩐지 허전했다.

요즘 스마트폰이 생활필수품이 되면서 문자 메시지가 수도 없이 뜬다. 만나 보고 싶다는 사연보다 별의별 정보가 가득하다.

혼자만의 외로움을 소통의 공간으로 활용하여 허전함을 달래는 자기치유일 수도 있지만, 훈훈한 인정 맛은 사라졌다.

사람과의 관계는 만남에서 인정 맛이 나야 하는데 문자만 뜨니 전자문화가 사람의 정을 지워 버렸다.

지금이라도 만나고 싶은 사람이 생겼으면 좋겠다.

함께 있으면 그저 반갑고 기분이 좋은 사람이면 더할 나위 없겠다.

비록 추억은 없어도 누군가를 만나 보고 싶은 사람이 되었으면 하는 절절한 생각을 해 본다.

그러기 위해서는 우선 나부터 다듬어야 한다.

상대방의 처지를 이해하고 존중하는 마음가짐으로 가식이나 체면을 버리고 진심으로 가슴을 열어야 한다.

항상 유머와 웃음이 넘치고, 인정이 묻어나는 만남이면 삶은 한결 향기가 풍길 것 같다.

'누군가가 나에게 다가오기를 바라기보다 내가 먼저 다가갈 수 있는 바탕을 다져야겠다.'고 마음 다잡아 본다.

언제나 만나 보고 싶은 사람이 있다는 것은 세상을 살아가는 데 가장 값진 보물을 가진 것이다.

내가 먼저 그 보물이 되어야 한다.

백수 한담白叟 閑談

날이 샌다.
허둥지둥

어영부영
날이 저문다.

그러다
달이 가고
한 해가 훌쩍이다.

가슴이
텅 빈다.
허虛, 허!

나이 드니
세월 흐름이 급류다.

하루는 금방이고,
일주일은 잠깐이다.

봄인가 하면 여름이고,
언제인지 가을이다.
겨울은 기다릴 틈도 없이
한 해가 자취를 감춘다.

모처럼 만나
"요즘 어떻게 지내요?"
"별일 없지요."
"그저 그래요."

"하루하루가
아침이면 지루하기 여삼추如三秋고,
저녁이면 빠르기 전광석화電光石火지요."

지하철, 근교 산, 공원 가면
노년들이 진을 친다.

딱히 하는 일 없으니
나날이 팽이 놀음이다.

노년이 자꾸만 늘어나
가정도, 사회도, 정부도
부담스럽단다.

그런데도 노년들은
내 나이가 어때서,
70이 청춘이란다.

모두가 건강하고
즐겁게 잘 살기를 마음으로 보시해 본다.

그 속에 나도 있다.

대통령 납시오

내가 사는 지금의 세상이다.

온갖 고난을 견디면서
추악한 일제 치하에서 벗어나
당당한 내 나라를 만났다.

만민이 다 같이 평등하게 존중받고 참여하는, 국민에 의한, 국민을 위한, 국민의 정부로 날개를 펼쳤다.

정부수립 70년을 지나면서 11명의 대통령을 거쳤는데, 그때마다 부정선거, 군부정변, 권력분란, 비자금, 자녀비리, 부정부패, 탄핵, 구속으로 온 나라를 긴장시키고, 안타깝게도 거의가 명예에 흠집을 남겼다.

대통령은 재임 중 국가의 수반이며, 외국에 대하여 대한민국을 대표하며, 행정부의 수장으로 국군통수권, 계엄선포권, 고위공직자 임명권, 사면권도 가진다.

취임할 때는 '직책을 성실히 수행할 것을 국민 앞에 엄숙히 선서'도 한다.

퇴임 후에는 전직 대통령으로서의 품위 유지를 위한 예우를 해주고 있다.

국민에 의해 선출된 대통령이 그 막중한 권력과 책무를 방심하여 불명예를 역사에 남긴다는 것은 정말 안타까운 일이다.

물러난 대통령에게도 재임 중 국가와 국민을 위해 행한 훌륭한 업적과 실적이 있는데도 불명예에 가려 빛을 잃고 있다.

대통령이 되면 보통 사람과 분명히 달라야 한다.
오로지 국가와 국민만을 가슴에 품어야 한다.
대통령은 그 시대 역사의 중심이다.
역사는 지울 수 없는 사실의 기록이다.

공직자는 오로지 책무를 통해 명예가 돋보여야 한다.
돈이 탐나면 사업을 해야 하고, 권력이 탐나면 정도를 걸어야 한다.

엉뚱한 생각이 스치면서, 경복궁의 입지가 마음에 짚인다.

조선왕조가 건국되어 한양으로 도읍을 옮기면서 왕궁의 위치를 두고 정도전과 하륜이 배산임수 명당 터를 두고 팽팽히 맞서다가 정도전의 의견이 받아들여져 현재의 위치에 경복궁이 세워졌다고 한다.

북악산이 주산이라니 현재의 청와대도 경복궁의 지맥에 포함되는 샘이다.

경복궁 터가 풍수지리상 명당이라 했는데 역사가 혼란스럽다.

경복궁이 왕궁(1396)이 되면서 조선 왕조 태조(이성계) 때, 왕권을 두고 두 번 왕자의 난이 일어나 골육상쟁으로 궁중 비극이 있었다.

명종 대(1553)에는 강녕전 화제로 소란을 피웠다.

선조 대(1592)에 왜군의 침입으로 국가 위기 상황에서 국왕과 지배층의 무기력한 통치에 배신감을 느낀 민초들의 방화로 경복궁이 소실되었다.

이후 270여 년 폐허로 방치되다가 대원군이 등장하면서 고종 때(1865)에 중건을 했다.

이때에도 백성의 고혈을 짜내어 원성이 들끓었다.

1895년에는 일본의 만행으로 명성왕후가 경복궁에서 무참한 죽임을 당했고, 그다음 해 고종이 친일세력에 신변의 위험을 느껴 러시아 공사관으로 피신을 하기도 했다.

일제 강압으로 한일합방(1910)이 되면서 식민통치기관인 조선총독부 건물(김영삼 정부때 철거)이 경복궁 앞을 가렸고, 총독관저가 지금의 청와대에 터를 잡았다(1927). 1945년 해방과 더불어 미군정장관의 관저로, 1948년 정부가 수립 되면서 경무대로 명명되어 대통령(이승만) 공관으로, 4·19의거 이후(윤보선 대통령 때) 청와대로 개칭된 역사의 흔적을 담고 있다.

6·25 전란 때에는 3년간(1950 - 1953) 관저가 대전, 대구, 부산으로 이전하는 불운을 겪기도 했다.

이렇듯 경복궁 터전은 역사의 암울함을 안고 지금은 자랑스러운 문화재가 되었다. 경복궁과 지맥이 이어진 청와대 터는 대통령 공관으로 대한민국 역사의 중심에 있으면서 국정이 혼란스러울 때마다 여러 시위의 규탄 대상이 되기도 했다.
그러면서 그간 거쳐간 대통령의 불운이 세상을 우울하게 했다.

언제인가 대통령 선거 공약에서 집권하면 대통령 공관을 더 국민 가까이로 옮기겠다고 했을 때, 소통과 친화의 대통령으로 다가

서는 듯하여 반가운 마음이었다.

  언제일지, 퇴임하는 대통령에게 온 국민의 뜨거운 환송의 박수
가 거리에 넘치는 모습을 그려 본다.

부부 만만세

밥은 생명줄이라서 평생 먹어도 질리지 않는데, 애정은 감정 줄이라서 세월이 쌓일수록 면역력이 생긴다.

남녀가 연애할 때는 과거도, 미래도 없이 현재만 보고 있으니 물불을 가리지 않는다.

그저 좋기만 하다.

세상을 다 얻은 것 같기도 하다.

퍼내도, 퍼내도 애정이 펑펑 솟는다.

약혼에서 결혼까지가 애정의 유효기간이다.

그렇다고 부부간에 애정이 전연 없는 것은 아니다.

있기도 하고, 없기도 하고, 경계가 수시로 변한다.

부부가 되면 생활이 끼어들면서 애정이 둔해진다.

서로가 좋은 점은 서서히 꼬리를 감추고 못마땅한 것만 가려낸다.

약간은 감추어진 것도 있어야 하는데 서로가 자기만의 돋보기, 망원경, 현미경으로 때로는 가까이서, 때로는 멀리서 상대를 훤히 들여다보고 따질 일만 눈에 가시가 박힌다.

그 많은 사람들 중에서 부부의 인연이 닿았으니 싫든 좋든 한평생을 '까꿍'도 하고, '아웅다웅'하면서 누가 먼저든 영영 이별을 할 때까지 함께 살아야 한다.

그래도 부부는 배신을 하지 않는다.
누구보다 믿을 수 있고, 편하다.
서로 간에 흉허물이 없고, 평생 반려자다.

그러면서도 시시각각, 시시콜콜, 시시비비다.
투정이기도 하고 어리광이기도 하다.
고단한 삶의 하소연이기도 하다.

부부 다툼은 서로가 이기고 진다.
부부 다툼은 심판이 없는 묘한 한판이다.
자기가 잘했다고 일방적으로 판정을 한다.
심하면 말문을 닫고 외면하기도 한다.
어설픈 가출도 한다.

부부가 한집에서 오래 살다 보면 남편은 아내의 단점만 보이고, 아내는 남편의 결점만 보인다고 한다.

부부가 잠자리에서 등을 돌리면 남이고, 마주 하면 다툴 일만 보인다는 진담 같은 농담도 있다. 맞불을 지르다가는 둘 다 타버리고 재만 남는다.

부부가 틀어지면 서로가 앙금이 남고 상처가 난다.

쌓이고 쌓이면 애정 결핍이 생길 뿐이다.

남녀 간에는 애정이 접착제다.

부부간에 애정이 없으면 남남이다.

한집에 사는 동거인일 뿐이다.

부부는 적이나 경쟁자가 아니고 천생배필이다.

서로를 보듬어 주고, 힘들 때면 위로하고 도와주면서 검은 머리가 파뿌리가 된다.

아내 없는 남편은 초라해지고, 남편 없는 아내는 사는데 생기가 없어 보인다.

세상은 많이도 변했다.

해마다 부부보다 혼자가 편하다는 독신주의자가 늘어나고, 결혼한 부부도 이혼이 식은 죽 먹듯 하다.

부부이면서도 이혼에 따른 번거로움이 싫어 따로 사는 졸혼이 많다고 한다.

'하느님이 사람을 만들고 악마가 부부를 만든다.'고 한 프랑스 속담이 우리 주변에도 오염이 되는 듯해 몹시 마음이 무겁다.

주변에 부부가 서로 마음에 들지 않아 갈등을 느끼는 이야기가 심심찮고, 자녀들이 늦은 나이에도 결혼을 피한다는 부모들의 한탄이 여기저기다.
모두가 나만 편한 것만 찾는 세상이다.

조물주가 인간을 만들 때 결혼이라는 끈을 두어 종족 보존 권능을 주었는데, 인간이 조물주에게 도전하는 꼴이 된 격이다.

누가 뭐래도 부부는 이 세상 최고의 선물이다.
결혼을 하지 않는 것보다는 하는 편이 참 잘한 선택이다.

소크라테스(고대 그리스 철학자)는 '결혼은 해도 후회, 안 해도 후회한다.'고 했지만, 안 해도 후회한다면 하고 후회하는 편이 훨씬 낫다는 것을 세상을 살아가면서, 세월이 흐를수록 실감을 하게 된다.

살면서 만난 세상

나는 1938년생 범띠다.

지금까지 세상은 끝없이 격변의 소용돌이가 엎치락뒤치락하면서 용하게도 꾸준히 성장과 발전을 계속하고 있어 대단한 행운 속에서 살고 있다.

일제 식민지 때, 한반도 영남 남쪽 땅 농촌에서 태어났다. 그 당시 시골에서는 그저 일 년 농사가 생활의 전부였다. 하루 세끼 밥만 먹을 수 있으면 더 큰 욕심은 없었다. 학력, 직장, 산업이라는 말 자체가 낯선 순수한 농경사회였다. 서민들에게 가장 힘든 때가 흉년과 보릿고개(춘궁기)였을 뿐이다.

일제 강점기에는 벼농사가 끝나면 수확한 벼를 공출해 가고, 놋쇠그릇을 걷어 갔고, 주민을 동원하여 산에 소나무 송진을 채취하여 모아 간(전쟁비축 물자로 강제로 징수) 어릴 적 기억이 어렴풋하다.

　제2차 세계 대전이 끝나면서 해방(1945. 8. 15)이 되어 일제 통치가 사라지고, 미군정 시절에는 전국이 좌우익 세력의 다툼으로 세상을 불안하게 했다. 결국에는 남북이 갈라져 남에는 민주주의 정부가, 북에는 공산주의 정부가 들어선 지 채 2년이 되기도 전에 한반도는 전쟁(1950. 6. 25)으로 전 국토가 초토화 되었다.
　피난 시절의 처참함, 전쟁으로 희생된 무수한 인명, 갈라진 가족은 아직도 아물지 않을 상처로 이어져 오고 있다.

　전쟁 3년이 지나 휴전이 되면서(1953. 7. 27), 민족의 비극은 65년이 지나고 있다.
　정치권력과 이념의 대결이 끈덕지고 질기다.

　휴전 이후 전쟁 피해 복구, 흩어진 민심 수습, 사회질서를 추스르는 틈을 타 정치권력의 횡포가 대통령 부정선거(1960. 3. 15) 전국 규탄 시위가 의거(1960. 4. 19)로 이어져 대통령의 하야와 망명으로 온 나라가 혼란에 빠졌다.

　내각책임제 개헌(1960. 6. 1)으로 정국은 더욱 혼란스러워졌고, 그 틈을 비집은 국내 좌파세력의 활보를 차단하겠다는 것을 빌미로 반공反共을 국시로 하여 군사쿠데타(1961. 5. 16)에 의한 군부세력의 정부가 시작되었다.

연호가 단기에서 서기로 변경(1962년)되고, 경제개발 5개년 계획 (1962. 1. 13)이 시작되어 비로소 산업사회의 디딤돌이 깔리면서, 놀라운 경제 발전의 계기가 되었다.

정부가 수립된 후 2번이나 통화개혁(1차 1953. 2. 15: 통화 100대 1로 인하, 圜 단위 사용. 2차 1962. 6. 10: 10대 1로 평가절하 圜을 원으로 변경)도 있었다.

일본 침략 보상 대일청구권 합의(1962. 11. 12)로 굴욕외교를 반대하는 극렬한 시위로 비상계엄령이 선포되었다(1964. 6. 5).

무장공비 31명이 서울에 침입(1968. 1. 21)하여 안보에 구멍이 뚫려 국민이 혼비백산한 때도 있었고, 이를 계기로 향토예비군이 창설(4. 1)되기도 했다.

대통령 3선을 허용하는 개헌안이 국회 통과(1969. 9. 14)를 전후해서 반대시위가 전국에 들썩거렸고, 70년대 이후 계속해서 대학 교련 반대, 대통령 부정선거 규탄, 구속 학생 석방, 유신 반대, 민주화 투쟁, 학원자유 요구에다 위수령 발동, 국가비상사태 선언, 비상계엄 선포, 대통령 긴급조치로 시국이 극도로 혼란한 시기를 겪기도 했다.

지금까지도 사회가 위기를 맞을 때마다 시위 문화가 판을 벌여 세상이 시끄럽다.

그간에 엄청난 사고와 사건들이 세상을 깜짝깜짝 놀라게도 했다.

살아온 세월 동안 세상이 불안정하여 늘 조마조마했다. 어릴 적에는 철이 없으니 세상이 되어 가는 대로 그냥 지나쳤고, 학업 시기에는 전쟁의 소용돌이에서 교사校舍를 군부에 내어주고, 숲속 나무에 칠판을 걸어 놓고, 돌을 깔판으로 수업을 받기도 했다.

4·19, 5·16 때는 군 복무(학보) 중이었다. 만일 내가 4·19 중 대학생활을 계속했다면 불의에 항거했을지도 모른다고, 수유리 4·19묘역을 둘러보았을 때 엉뚱한 감회에 젖어 자유민주주의를 지키기 위해 목숨을 바친 영령들의 명목을 빌었다.

내가 학교 다닐 시기에는 학제 변화도 많았다.

국민학교(지금은 초등학교) 졸업을 하면서, 중학교 입학 때는 국가 시험제가 처음으로 실시되어 그 점수를 가지고 전국 어디든 자기가 원하는 학교를 지원했다.

중학교 1학년 때, 학제가 바뀌면서(1951. 3. 27) 중학교 6년제를 중학교 3년, 고등학교 3년으로 처음 고등학교 제도가 생겼다.

대학을 졸업할 때는 정부수립 이후 처음으로 전국 대학 공통으로 '학사고시' 제도가 실시(1963년)되어 시험에 합격해야 학사 자격을 주었다.

이렇듯 격변의 소용돌이에서 때로는 지켜보면서 때로는 참여하면서, 세상이 안정되어야 나라도 개인도 좋은 세상이 될 텐데 하는 마음이 간절하다.

번번이 빈부와 세대 간의 긴장, 좌우익 세력의 대립, 보수와 진보의 갈등, 금수저와 흙수저, 갑과 을의 시비가 나라 발전의 걸림돌이 되어 혼란스럽다.

지금이라도 계층과 세대 간의 대립과 갈등을 없애고,
포용과 화합으로 사회가 안정되고,
인권과 민심이 존중되는 세상,
국민소득 3만 불의 경제성장,
남북이 화해와 평화의 세상이 되는 것이 우리 모두의 바람이 아닐는지.

나는 살아오면서 여섯 번이나 죽음의 문턱을 넘나들었다.

끈질긴 삶의 인연이다.
죽음은 두려움이 아니고,
살아 있음에 순간의 끝장일 뿐이다.

언제인가는 이생을 떠나는 나에게 전하고 싶은 말이 있다.
        '아슬아슬한 세상 만나
        용케도 잘 살다 간다.'

閑堂 산문집

살면서 만난 세상

유 상 식

초판인쇄 2018년 8월 02일
초판발행 2018년 8월 12일
지은이 유상식
펴낸이 노용제
펴낸곳 정은출판
주 소 서울특별시 중구 창경궁로1길 29 (3F)
전 화 02-2272-9280
팩 스 02-2277-1350
이메일 rossjw@hanmail.net
ISBN 978-89-5824-373-1 (03810)

값 15,000원